Capture-Moi

Capture-Moi : Volume 1

Anna Zaires

♠ Mozaika Publications ♠

Publié par Mozaika Publications, imprimé par Mozaika LLC.
www.mozaikallc.com

Couverture: Najla Qamber Designs
najlaqamberdesigns.com

Sous la direction de Valérie Dubar
Traduction : Julie Simonet

e-ISBN : 978-1-63142-154-9
Print ISBN : 978-1-63142-155-6

PREMIERE PARTIE : LE CONTRAT

CHAPITRE UN

❖ YULIA ❖

Les deux hommes qui me font face sont la menace incarnée. Elle émane d'eux. L'un est blond, l'autre brun, ils sont aux antipodes l'un de l'autre, et pourtant, d'une certaine manière ils se ressemblent. Ils donnent la même impression.

Une impression glaçante.

— Il faut que je vous parle d'un sujet délicat, dit Arkady Buschekov, le fonctionnaire russe qui se trouve à mes côtés. Son regard délavé et pâle s'attarde sur le visage de l'homme brun. Buschekov a parlé en russe et je le traduis aussitôt en anglais. Une traduction parfaite, sans la moindre trace d'accent. Je suis une bonne interprète, même si ça n'est pas mon véritable métier.

— Allez-y, dit l'homme brun. Il s'appelle Julian Esguerra, c'est un important trafiquant d'armes. Je l'ai appris dans le dossier que j'ai examiné ce matin. Aujourd'hui, c'est lui qui est important, c'est de lui qu'il faut que je me rapproche. Ce qui devrait être agréable. Il est remarquablement beau avec ses yeux bleus perçants et son visage basané. S'il n'y avait pas cette impression menaçante, il m'attirerait vraiment. En l'état actuel des choses, je vais faire semblant, mais il ne s'en apercevra pas.

Les hommes ne s'en aperçoivent jamais.

— Je suis sûr que vous connaissez les difficultés actuelles dans notre région, dit Bushekov. Nous voudrions que vous nous aidiez à les résoudre.

Je traduis en faisant de mon mieux pour dissimuler l'excitation qui me gagne. Obenko avait raison. Il se prépare vraiment quelque chose entre Esguerra et les Russes. C'est ce qu'Obenko a soupçonné en apprenant la visite du trafiquant d'armes à Moscou.

— Vous aider de quelle manière ? demande Esguerra. Il ne semble que vaguement intéressé.

En traduisant sa réponse pour Bushekov, je jette un coup d'œil à l'autre homme qui se trouve à notre table, le blond à la coupe de cheveux presque militaire.

C'est Lucas Kent, le second d'Esguerra.

J'ai essayé de ne pas le regarder. Il me déstabilise encore plus que son patron. Heureusement, ce n'est pas à lui que j'aurai affaire, si bien que je n'ai pas besoin de feindre de m'intéresser à lui. Sans trop savoir pourquoi mon regard est attiré par ses traits durs. Avec sa taille haute, son corps musclé, ses mâchoires carrées et son regard farouche Kent me font penser à un *bogatyr,* les seigneurs de la guerre des contes russes.

Il s'aperçoit que je le regarde et ses yeux pâles étincellent en fixant mon visage. Je détourne rapidement le regard en réprimant un frisson. Ses yeux me font penser à des éclats de glace comme il y en a dehors, gris-bleu et glacials.

Dieu merci, ce n'est pas lui que je dois séduire. Avec son patron, ça sera tellement plus facile de donner le change.

— Certaines parties de l'Ukraine ont besoin de notre aide, dit Bushekov. Mais étant donné l'état actuel de l'opinion internationale, il serait problématique pour nous d'intervenir et de les aider.

Je traduis rapidement ce qu'il vient de dire, une fois de plus mon attention se concentre sur l'information que je suis censée obtenir. C'est important ; c'est la raison principale de ma présence ici aujourd'hui. Séduire Esguerra est secondaire, mais vraisemblablement inévitable.

— Si bien que vous voulez que je le fasse à votre place, lui dit Esguerra, et tandis que je traduis, Bushekov hoche la tête.

— Oui, dit Bushekov. Nous aimerions qu'une certaine quantité d'armes et d'autres fournitures soient livrées aux combattants de la liberté du Donestk. Il ne faut pas qu'un lien soit établi avec nous. En échange, nous vous paierons votre prix habituel et nous vous permettrons d'aller en toute sécurité au Tadkikistan.

Quand je lui traduis cette phrase, Esguerra sourit froidement.

— Et voilà tout ?

— Nous préférerions également que vous ne fassiez pas affaire avec l'Ukraine en ce moment, dit Bushekov. Vous savez, on ne peut pas avoir le cul entre deux chaises.

Je fais de mon mieux pour traduire cette expression, mais elle ne rend pas aussi bien en anglais. Et en même temps, je mémorise chaque mot pour pouvoir tout répéter à Obenko plus tard dans la journée. C'est exactement ce que mon patron espérait que j'entendrais. Ou plutôt ce dont il avait peur.

— Dans ces conditions, j'ai bien peur d'avoir besoin de compensations supplémentaires, dit Esguerra. Comme vous le savez, je n'ai pas pour habitude de prendre parti dans ce genre de conflits.

— Oui, c'est ce qu'on nous a dit. Bushekov porte un moreau de poisson salé à sa bouche et commence lentement à le mâcher tout en regardant le trafiquant d'armes. Mais dans notre cas, vous pourriez peut-être revoir votre position. L'Union Soviétique a beau avoir disparu, notre influence dans la région est loin d'être négligeable.

— Oui, je m'en rends compte. Pourquoi pensez-vous que je suis ici ? Le sourire d'Esguerra ressemble à celui d'un requin. Mais ça coûte cher de renoncer à la neutralité. Je suis certain que vous le comprenez.

Le regard de Bushekov se refroidit.

— Effectivement. Je suis autorisé à vous offrir vingt pour cent de plus que votre prix habituel en échange de votre coopération dans cette affaire.

— Vingt pour cent ? Alors que vous divisez par deux mes profits éventuels ? On est loin de compte.

Après m'avoir laissé traduire, Bushekov se sert de la vodka et la fait tourner dans son verre.

— Vingt pour cent de plus et la remise des prisonniers d'Al-Quadar, dit-il après quelques instants. C'est notre dernière proposition.

Je traduis ces propos tout en jetant un autre regard furtif à l'homme blond, sans savoir pourquoi je suis curieuse de voir sa réaction. Pendant tout ce temps, Lucas Kent n'a pas dit un mot, mais je le sens attentif à tout ce qui se passe, n'en perdant pas un mot.

Je m'aperçois que lui aussi il *me* regarde.

Soupçonne-t-il quelque chose ou est-il attiré par moi ? Dans un cas comme dans l'autre, cela m'inquiète. De tels hommes sont dangereux et j'ai l'impression qu'il pourrait être encore plus dangereux que les autres.

— Alors nous sommes d'accord, dit Esguerra et je comprends que nous y sommes. Ce que redoutait Obenko vient d'arriver. Les Russes font faire livrer des armes aux soi-disant combattants de la liberté et le chaos ukrainien va prendre des proportions gigantesques.

Eh bien, c'est le problème d'Obenko, pas le mien. Il me suffit de sourire, d'être jolie et d'assurer la traduction, ce que je fais pendant le reste du dîner.

* * *

Une fois la réunion terminée, Bushekov reste dans le restaurant pour parler avec le propriétaire et je sors avec Esguerra et Kent.

Dès que nous sommes dehors, un froid glacial s'empare de moi. Je porte un manteau élégant, mais qui ne suffit pas à me protéger de l'hiver russe. Le froid traverse la laine et me pénètre jusqu'à la moelle de mes os. En quelques secondes, j'ai les pieds glacés, les fines semelles de mes escarpins ne peuvent m'isoler du sol gelé.

— Est-ce que ça vous ennuierait de me déposer à la station de métro la plus proche ? je demande à Esguerra et à Kent quand ils s'approchent de leur voiture. Je sais qu'ils peuvent me voir frissonner, et même des criminels endurcis n'ont aucune raison de laisser sans raison une jolie femme mourir de froid. Il doit y en avoir une à une dizaine de rues d'ici.

Esguerra m'examine un instant puis fait un signe vers Kent.

— Fouille-la, lui ordonne-t-il sèchement

Mon cœur se met à battre plus vite quand le blond s'approche de moi. Son visage dur est dépourvu d'émotion, et son expression reste identique quand ses grandes mains me touchent de la tête aux pieds. C'est une fouille classique, il n'a aucun besoin de s'attarder sur moi, mais quand il a fini j'ai une autre raison de frissonner, le froid que je ressens est brusquement exacerbé par une sensation indésirable.

Non. Je m'oblige à calmer ma respiration sous contrôle, il ne faut pas réagir ainsi. Avec un tel homme, je ne dois pas réagir comme ça.

— Elle est clean, lui dit Kent, et je fais de mon mieux pour ne pas pousser un soupir de soulagement.

— Alors d'accord. Esguerra m'ouvre la portière. Montez !

Je monte dans la voiture et m'assieds à l'arrière à côté de lui. Je suis soulagée que Kent ait rejoint le chauffeur à l'avant. Je suis enfin en situation de passer à l'action.

— Merci, fais-je en adressant mon sourire le plus chaleureux à Esguerra. Je vous en suis vraiment reconnaissante. Cet hiver est le pire depuis des années.

Je suis déçue de constater qu'il n'y a pas le moindre signe d'intérêt sur le beau visage du trafiquant d'armes.

— Aucun problème, dit-il en prenant son téléphone. Un sourire apparaît sur ses lèvres sensuelles quand il lit le message qui s'y trouve et qu'il commence à pianoter une réponse.

Je l'examine en me demandant ce qui a pu le mettre d'aussi bonne humeur. Une affaire qui vient de se conclure ? Une offre de fournisseur qui s'avère meilleure que prévu ? Quoi qu'il en soit, cela le distrait de moi et ça ne tombe pas bien.

— Restez-vous longtemps à Moscou ? fais-je tout en prenant une voix douce et séductrice. Quand il me jette un coup d'œil, je lui souris de nouveau en croisant les jambes, leur longueur est mise en valeur par les bas de soie noirs que je porte. Je pourrais vous faire visiter la ville si vous voulez. Tout en parlant, je le regarde dans les yeux en rendant mon regard aussi séducteur que possible. Les hommes ne peuvent faire la différence entre cette expression et un désir véritable ; du moment qu'une femme semble avoir envie d'eux, ils y croient.

Et à vrai dire, la plupart des femmes *auraient* envie de cet homme. Il est plus que beau, il est vraiment superbe. Les femmes pourraient tuer pour avoir une chance de se retrouver dans son lit, malgré ce qu'il y a de sombre et de cruel, que je devine chez lui. Le fait qu'il ne m'attire pas, c'est mon problème, et je dois le surmonter pour mener à bien ma mission.

J'ignore si Esguerra sent quelque chose de suspect ou si je ne suis pas son genre, mais au lieu d'accepter mon offre il m'adresse un froid sourire.

— Merci de l'invitation, mais nous allons bientôt repartir et j'ai bien peur d'être trop épuisé pour faire justice à votre ville ce soir.

Merde ! Je dissimule ma déception et lui rends son sourire.

— Bien sûr. Si vous changez d'avis, vous savez où me trouver. Je ne peux rien dire de plus sans provoquer les soupçons.

La voiture s'arrête devant ma station de métro et j'en sors en essayant de trouver le moyen d'expliquer mon échec sur ce plan.

Il n'avait pas envie de moi ? Oui, ça devrait passer.

Avec un gros soupir, je referme mon manteau sur ma poitrine et je me dépêche de rejoindre la station de métro, bien déterminée à me soustraire au froid.

CHAPITRE DEUX

❖ YULIA ❖

La première chose que je fais en rentrant chez moi est d'appeler mon patron pour lui dire ce que j'ai appris.

— Alors c'est ce que je craignais, dit Vasiliy Obenko quand j'ai terminé. Ils vont se servir d'Esguerra pour armer ces foutus rebelles du Donetsk.

— Oui !

J'enlève mes chaussures et je me dirige vers la cuisine pour me faire du thé, tout en continuant ma conversation.

— Et Bushekov demande l'exclusivité si bien qu'Esguerra est maintenant l'allié inconditionnel des Russes.

Obenko pousse une suite ininterrompue de jurons, avec des exclamations comme « qu'il aille se faire foutre » et « sa mère est une putain ». Je baisse le son pour mettre de l'eau dans la bouilloire électrique et l'allumer.

— Entendu, dit Obenko après s'être un peu calmé. Vous le voyez de nouveau ce soir n'est-ce pas ?

Je reprends mon souffle. Le moment difficile est arrivé.

— Pas vraiment.

— Pas vraiment ? La voix d'Obenka s'adoucit d'une manière menaçante. Qu'est-ce que ça veut dire, bordel ?

— Je le lui ai proposé, mais ça ne l'intéressait pas. Dans ce genre de situations, il vaut toujours mieux dire la vérité. Il a dit qu'ils allaient bientôt partir et qu'il était trop fatigué.

Obenko se remet à jurer. J'en profite pour prendre un sachet de thé, le mettre dans une tasse et y verser l'eau bouillante.

— Vous êtes certaine de ne pas le revoir, demande-t-il une fois sa crise de colère terminée.

— Oui, pratiquement certaine. Je souffle sur mon thé pour le refroidir. Il n'était pas intéressé, voilà tout.

Obenko garde quelques instants le silence.

— D'accord, dit-il finalement. Vous avez merdé, mais on réglera ça une autre fois. Pour le moment, il faut trouver que faire avec Esguerra et les armes qui vont envahir notre pays.

— En l'éliminant ? je suggère. Mon thé est encore trop chaud, cependant j'en bois quand même une gorgée, la sensation de chaleur dans ma gorge me réconforte. C'est un plaisir simple, mais dans la vie, les choses simples sont toujours les meilleures. Le parfum des lilas en fleur au printemps, la douceur du pelage d'un chat, une fraise mûre sucrée et juteuse, depuis quelques années j'ai appris à apprécier tout cela comme un trésor, à distiller chaque goutte de joie qu'offre la vie.

— C'est plus facile à dire qu'à faire. Obenko semble frustré. Il est mieux protégé que Poutine.

— Ah bon ! Je reprends une autre gorgée de thé en fermant les yeux et cette fois-ci je le savoure vraiment. Je suis certaine que vous allez trouver une solution.

— A-t-il dit quand il partait ?

— Non, il n'a rien précisé ; il a juste dit « bientôt ».

— Entendu. Brusquement, Obenko semble impatient. S'il vous contacte, prévenez-moi immédiatement.

Et il raccroche avant de me laisser le temps de répondre.

* * *

Puisque j'ai ma soirée libre, je décide de me faire plaisir et de prendre un bain. Comme le reste de mon appartement ma baignoire est petite et minable, mais j'ai connu bien pire. J'atténue la laideur de la minuscule salle de bains en allumant deux ou trois bougies parfumées sur le lavabo et en ajoutant du bain moussant, puis je me plonge dans l'eau en poussant un soupir de soulagement quand la chaleur m'envahit.

Si j'avais le choix, j'aurais toujours chaud. On a tort de dire qu'on brûle en enfer. On y gèle, comme en Russie en hiver.

Je savoure mon bain quand j'entends sonner à la porte. Brusquement, mon cœur se met à battre plus vite et l'adrénaline se met à couler dans mes veines.

Je n'attends personne, donc c'est forcément mauvais signe.

Je sors du bain d'un bond, je m'enveloppe dans une serviette et je sors de la salle de bains pour aller dans la pièce principale de mon studio. Les vêtements que j'ai enlevés sont encore sur le lit, mais je n'ai pas le temps de les remettre. À la place, j'enfile un peignoir et j'attrape un revolver dans le tiroir de ma table de nuit.

Puis je respire profondément et je m'approche de la porte en la visant de mon arme.

— Oui ? fais-je en m'arrêtant tout près de la porte d'entrée. Ma porte est blindée, mais pas la serrure. On pourrait tirer à travers.

— C'est Lucas Kent. Sa voix grave en anglais me fait tellement sursauter que le revolver a failli m'échapper des mains. Mon pouls s'emballe encore et mes genoux se mettent à flageoler bizarrement.

Pourquoi est-il ici ? Esguerra a-t-il deviné quelque chose ? Est-ce que quelqu'un m'a trahi ? Ces questions se précipitent dans mon esprit et accélèrent encore les battements de mon cœur, puis la conduite à tenir la plus censée me vient à l'esprit.

— Qu'y a-t-il ? je demande tout en faisant de mon mieux pour conserver une voix calme. Il y a une explication possible selon laquelle ma vie ne serait pas en danger, Esguerra a changé d'avis. Et dans ce cas, je dois agir comme la personne innocente que je suis censée être.

— J'aimerais vous parler, dit Kent, et j'entends un soupçon d'amusement dans sa voix. Allez-vous ouvrir cette porte ou allons-nous continuer à parler à travers cette épaisseur d'acier ?

Merde ! Esguerra n'a pas l'air de lui avoir demandé de venir me chercher.

J'examine rapidement ce que je peux faire : rester enfermée à l'intérieur en espérant qu'il ne parvient ni à entrer ni à me prendre quand je sortirai, car il faudra bien que je sorte, ou espérer qu'il ignore qui je suis et jouer serré.

— Pourquoi voulez-vous me parler ? je lui rétorque afin de gagner du temps. C'est une question logique. Dans ma situation, n'importe quelle femme se méfierait, même si elle n'avait rien à cacher. Qu'est-ce que vous voulez ?

— C'est vous que je veux.

Sa réponse laconique, prononcée d'une voix grave me fait l'effet d'un coup de poing. Je n'arrive plus à respirer et je fixe la porte, une panique folle m'envahit.

Je n'avais donc pas tort en me demandant si je lui plaisais, si la raison pour laquelle il ne cessait de me regarder était simplement une question d'attirance physique.

Oui, évidemment. Il a envie de moi.

Je m'oblige à reprendre mon souffle. Je devrais être soulagée. Il n'y a aucune raison de paniquer. Depuis mes quinze ans, les hommes ont envie de moi et j'ai appris à faire face. À utiliser leur désir à mon avantage. Cette situation n'est pas nouvelle.

Sauf que Kent est plus dur, plus dangereux que les autres.

Non. Je fais taire cette petite voix insidieuse et je respire profondément en baissant mon arme. Au même moment, je m'aperçois dans la glace de l'entrée. Mes yeux bleus sont grands ouverts, je suis pâle et mes cheveux sont relevés à la diable, des mèches mouillées tombent dans mon cou. Avec le peignoir éponge que j'ai enfilé à la hâte et le revolver dans les mains, je suis loin de la jeune femme à la mode qui a tenté de séduire le patron de Kent.

Ayant pris une décision je crie « Attendez une minute ! ». Je pourrais essayer d'empêcher Lucas Kent d'entrer chez moi — ce qui ne serait guère étonnant de la part d'une femme seule —, mais il serait plus astucieux d'utiliser cette chance pour obtenir d'autres informations.

Je pourrais au moins essayer de savoir la date du départ d'Esguerra et la donner à Obenko, ce qui compenserait en partie mon échec de tout à l'heure.

Je me dépêche de cacher le revolver dans un tiroir qui se trouve sous la glace de l'entrée et de dénouer mes cheveux pour laisser mes mèches blondes me tomber dans le dos. Je me suis déjà démaquillée, mais comme ma peau est parfaite et mes cils naturellement sombres ce n'est pas trop grave. En fait, ça me rajeunit et me donne l'air plus innocent.

Je ressemble davantage à « une fille comme les autres » selon l'expression américaine.

Rassurée sur mon apparence physique, je m'approche de la porte dont j'ouvre la serrure en essayant d'oublier les battements frénétiques et violents de mon cœur.

CHAPITRE TROIS

❖ YULIA ❖

Il entre dans mon appartement dès que la porte s'ouvre. Ni hésitation ni salutation, il se contente d'entrer.

Prise au dépourvu, je recule d'un pas, tout à coup l'entrée me semble si petite qu'elle en est oppressante. J'avais oublié à quel point il est grand, à quel point ses épaules sont larges. Je suis grande pour une femme, du moins suffisamment pour passer pour un mannequin si un contrat le demande, mais il me domine d'une tête. Avec le gros anorak qu'il porte, il prend presque toute la place dans l'entrée.

Toujours sans dire un mot il ferme la porte derrière lui et s'avance vers moi. Instinctivement, je recule, j'ai l'impression d'être une proie traquée.

— Bonsoir, Yulia, murmure-t-il en s'arrêtant quand nous arrivons dans la pièce principale. Son regard pâle fixe mon visage. Je ne m'attendais pas à vous voir comme ça.

J'avale ma salive, mon pouls s'accélère.

— Je viens juste de prendre un bain. Je veux paraitre calme et sûre de moi, mais il me déconcerte complètement. Je n'attendais personne.

— Effectivement, je m'en rends compte. Un léger sourire apparaît sur ses lèvres et en adoucit la dureté. Et pourtant vous m'avez laissé entrer. Pourquoi ?

— Parce que je ne voulais pas continuer à parler avec la porte fermée. Je respire pour retrouver mon calme. Puis-je vous offrir du thé ? C'est idiot de dire ça étant donnée la raison de sa présence ici, mais j'ai besoin de quelques instants pour reprendre une certaine contenance.

Il hausse les sourcils.

— Du thé ? Non merci.

— Alors voulez-vous me donner votre veste ? Je n'arrive pas à cesser de jouer la carte de l'hospitalité, la courtoisie me permet de cacher mon anxiété. Elle semble très chaude.

Ses yeux glacials ont un éclair d'amusement.

— Bien sûr. Il enlève son anorak et me le tend. Il n'a plus qu'un pull noir et un jean sombre glissé dans des bottes d'hiver noires. Son jean est moulant et révèle des cuisses musclées et des mollets puissants, et à sa ceinture je vois un revolver dans son étui.

En le voyant, ma respiration s'affole et je dois faire un véritable effort pour empêcher mes mains de trembler en prenant sa veste pour la mettre dans ma minuscule penderie. Il n'est pas surprenant qu'il soit armé, c'est le contraire qui le serait, mais son arme me rappelle brutalement qui est Lucas Kent.

Ce qu'il fait.

J'essaie de me dire que ce n'est pas grave pour calmer mes nerfs à vif. J'ai l'habitude des hommes dangereux. J'ai été élevée parmi eux. Cet homme est comme eux. Je coucherai avec lui, j'obtiendrai les informations que je pourrai et puis il disparaîtra de ma vie.

Voilà, c'est ça. Plus vite, ça sera fait, plus vite ça sera fini.

En fermant la porte de la penderie, j'affiche un sourire d'emprunt et me retourne pour lui faire face, enfin prête pour jouer le rôle de la séductrice sûre d'elle.

Sauf qu'il est déjà près de moi, il a traversé la pièce sans un bruit.

De nouveau, mon pouls s'affole, la contenance que je viens de retrouver me fait défaut une fois de plus. Il est si près que je peux voir les stries grises de ses yeux bleu pâle, si près qu'il peut me toucher.

Et une seconde plus tard, il me touche.

En levant la main, il caresse ma joue.

Je le fixe, la réaction de mon propre corps me trouble. Ma peau s'embrase, mes tétons se durcissent, ma respiration s'accélère. Il n'est pas logique de désirer cet inconnu dur et impitoyable. Son patron est plus beau que lui, plus frappant, et pourtant, c'est Kent qui provoque mon désir. Et il n'a encore touché que mon visage. Ce devrait être sans importance et pourtant c'est intime.

Intime et très déconcertant.

De nouveau, j'avale ma salive.

— M. Kent, Lucas, vous êtes sûr que je ne peux pas vous offrir quelque chose à boire ? Peut-être, un café ou… ma phrase s'interrompt et la surprise me faire perdre le souffle, quand il attrape la ceinture de mon peignoir et tire dessus, aussi nonchalamment que s'il ouvrait un paquet.

— Non. Il regarde tomber le peignoir qui révèle mon corps nu. Pas de café.

Et alors il me touche pour de bon, sa grande main dure prend l'un de mes seins. Ses doigts sont calleux, rugueux. Encore refroidis par la température extérieure. Son pouce donne une chiquenaude à mon téton raidi et je sens un aiguillon de plaisir remonter du plus profond de moi-même, un désir lové qui me semble aussi étrange que ses caresses.

En luttant contre le désir de m'y dérober, je me mouille les lèvres, elles sont sèches.

— Vous n'y allez pas par quatre chemins, n'est-ce pas ?

— Je n'ai pas le temps de jouer. Ses yeux brillent tandis qu'il donne une seconde chiquenaude à mon téton. Nous savons tous les deux pourquoi je suis ici.

— Pour coucher avec moi.

— Oui. Il ne prend pas la peine de dorer la pilule et me donne brutalement la vérité telle quelle. Il n'a pas lâché mon sein et touche ma chair nue comme s'il en avait le droit. Pour coucher avec vous.

— Et si je refuse ? J'ignore pourquoi je pose cette question. Ce n'est pas comme ça que c'est censé se passer. Je devrais le séduire, pas essayer de le faire changer d'avis. Et pourtant quelque chose chez moi se rebelle à l'idée qu'il puisse penser aussi simplement que je serai à lui s'il veut me prendre. D'autres hommes ont fait la même assomption et cela ne m'a jamais autant gênée. Je ne sais pas ce qu'il y a de différent cette fois-ci, mais je veux qu'il s'écarte de moi, qu'il arrête de me toucher. Je le veux tellement que mes poings se ferment de part et d'autre de mon corps et que mes muscles se tendent avec le désir de me battre.

— Vous refusez ? Il me le demande calmement, son pouce tourne maintenant autour de mon auréole. Alors que je cherche que répondre, il glisse l'autre main dans mes cheveux et la pose sur ma nuque d'un geste de propriétaire.

Je le fixe en ayant du mal à retrouver mon souffle.

— Et si c'était le cas ? Je suis révoltée au timbre de ma voix, elle est fluette et terrifiée. C'est comme si j'étais de nouveau vierge, quand mon entraîneur m'avait poursuivie au vestiaire. Vous partiriez ?

La commissure de ses lèvres se relève dans un demi-sourire.

— Qu'en pensez-vous ? Ses doigts agrippent mes cheveux, juste assez fort pour me faire presque mal. Son autre main, sur mon sein, est toujours douce, mais ça n'a pas d'importance.

J'ai la réponse à ma question.

Si bien que lorsque sa main quitte mon sein et glisse le long de mon ventre je ne résiste pas. Au contraire, j'écarte les jambes et je le laisse toucher mon pubis tout doux qui vient d'être épilé à la cire. Et quand son doigt dur entre sans vergogne en moi, je n'essaie pas de me dérober. Je reste simplement immobile et j'essaie de contrôler ma respiration qui s'est emballée, de me convaincre que ce qui se passe est identique à tous mes autres contrats.

Mais ce n'est pas vrai.

Je voudrais que ça le soit, mais ça ne l'est pas.

— Tu es mouillée, murmure-t-il en me fixant tout en enfonçant encore plus le doigt. Toute mouillée. Tu es toujours aussi mouillée avec les hommes dont tu n'as pas envie ?

— Qu'est-ce qui vous fait croire que je n'ai pas envie de vous ? Avec soulagement, je constate que ma voix est maintenant plus assurée. Je l'ai interrogée d'une voix douce, presque amusée. Je vous ai laissé entrer, non ?

— C'est avec *lui* que tu as flirté. La mâchoire de Lucas se crispe et sa main se déplace sur ma nuque pour m'attraper une poignée de cheveux. C'est de *lui* que tu avais envie tout à l'heure.

— Effectivement. Cette preuve de jalousie typiquement masculine me rassure en me ramenant sur un terrain plus familier. Je parviens à adoucir le ton de ma voix et à le rendre plus séducteur. Et maintenant, c'est de vous que j'ai envie. Est-ce que ça vous gêne ?

Kent plisse les yeux.

— Non. Il introduit de force un second doigt en moi tout en appuyant sur mon clitoris avec le pouce. Pas du tout.

Je voudrais dire quelque chose d'astucieux, trouver une bonne répartie, mais je n'y arrive pas. Le plaisir surgit brusquement et violemment. Mes muscles intimes se contractent et se resserrent sous l'irruption de ses doigts et je ne parviens qu'à m'empêcher de gémir de plaisir. Sans le vouloir, mes mains remontent et lui attrapent l'avant-bras. Je ne sais pas si j'essaie de le repousser ou de lui demander de continuer, mais ça n'a pas d'importance. Sous la laine douce de son pull, je sens les muscles d'acier de son bras ; je ne peux contrôler ses gestes, je ne peux que le tenir tandis qu'il s'enfonce plus profondément en moi avec ses doigts durs et impitoyables.

— Tu aimes ça, non ? murmure-t-il en soutenant mon regard, et j'en perds le souffle quand il commence à me caresser le clitoris de droite à gauche puis de haut en bas. Ses doigts se replient et je réprime un gémissement quand il touche un endroit qui me procure une sensation encore plus vive par l'intermédiaire de mes terminaisons nerveuses. La tension commence à monter en moi, le plaisir s'accumule et s'intensifie et je suis choquée de m'apercevoir que je suis au bord de l'orgasme.

Mon corps qui d'habitude est lent à réagir vibre d'un désir douloureux sous les caresses de cet homme qui me fait peur, une situation nouvelle qui me surprend tout en me déstabilisant.

J'ignore s'il le lit sur mon visage ou s'il sent les contractions de mon corps, mais ses pupilles se dilatent et ses yeux pâles s'assombrissent.

— Oui, voilà ! murmure-t-il d'une voix rauque. Tu vas jouir pour moi, ma belle… et son pouce appuie encore plus fort sur mon clitoris. Exactement comme ça !

Et effectivement, ça y est, je jouis. En réprimant un gémissement, je jouis sous ses caresses tandis que ses ongles courts et ébréchés s'enfoncent dans ma chair agitée de secousses. Ma vision s'obscurcit, ma peau brûlante se hérisse, le plaisir déferle sur moi et je m'effondre dans ses bras, seuls sa main dans mes cheveux et ses doigts enfoncés en moi m'empêchent de tomber.

— Et voilà, marmonne-t-il, et en retrouvant la vision je vois qu'il me regarde attentivement. C'était bon, n'est-ce pas ?

Je ne parviens même pas à lui répondre d'un signe, mais il ne semble pas avoir besoin d'une confirmation de toute manière. Et pourquoi en aurait-il besoin ? Je sens à quel point je suis glissante et mouillée autour de ses rudes doigts d'homme, des doigts qu'il retire lentement sans quitter mon visage des yeux. Je voudrais fermer les miens ou du moins les détourner de son regard pénétrant, mais je n'y arrive pas.

Sinon il saurait à quel point il me fait peur.

Alors au lieu de me dérober je l'examine à mon tour et je vois l'excitation monter sur son visage viril. Il serre les mâchoires en me fixant, un muscle presque imperceptible vibre près de son oreille droite. Et malgré son bronzage, je peux voir rougir ses pommettes.

Il a terriblement envie de moi, et le savoir m'enhardit et me pousse à agir.

En baissant la main, je la pose sur son jean, entre ses jambes, là où il y a une bosse bien dure.

— Oui, c'était bon, je murmure en levant les yeux sur lui. Et maintenant, c'est ton tour.

Ses pupilles se dilatent encore davantage, sa poitrine se gonfle, il respire profondément.

— Oui ! Sa voix est rauque de désir et la main qui empoigne mes cheveux me rapproche encore plus de lui. Oui, c'est vrai. Et avant de me donner le temps de changer d'avis après l'avoir ainsi provoqué, il baisse la tête, me prend la bouche et m'embrasse.

J'en perds le souffle, la surprise m'ouvre les lèvres et il prend immédiatement l'avantage en m'embrassant plus profondément. Sa bouche qui semble si dure est étonnamment douce sur la mienne, ses lèvres sont chaudes et lisses tandis que sa langue avide m'explore la bouche. C'est un baiser habile et sûr de lui, le baiser d'un homme qui sait comment donner du plaisir à une femme, comment la séduire rien qu'en la caressant des lèvres.

Mon ardeur reprend de plus belle et s'intensifie, la tension me reprend de nouveau. Il me tient si près de lui que mes seins nus s'appuient sur son pull, la laine se frotte contre mes tétons raidis. Je sens sa verge en érection à travers le tissu rugueux de son jean qui appuie sur le bas de mon ventre et qui me révèle à quel point il a envie de moi, à quel point l'impression de contrôle qu'il veut me donner est superficielle. Je m'aperçois vaguement que mon peignoir a glissé de mes épaules me laissant complètement nue et puis j'oublie tout quand il émet un son rauque et guttural venu du plus profond de sa gorge et qu'il me pousse contre le mur.

La surprise de sentir le froid du mur dans mon dos me fait un instant reprendre mes esprits, mais il a déjà ouvert la fermeture éclair de son jean et avancé le genou entre mes jambes pour les écarter tout en relevant la tête pour me regarder. J'entends une pochette d'aluminium qui se déchire puis il pose les mains sur mon derrière et me soulève du sol. Instinctivement, je l'attrape par les épaules, les battements de mon cœur s'accélèrent quand il m'ordonne d'une voix rauque

— Mets les jambes autour de moi ! Puis il m'abaisse sur sa verge en érection sans jamais me quitter du regard.

Il pousse fort et loin et me pénètre jusqu'au fond. C'est tellement fort que j'en perds le souffle, l'invasion est tellement brutale, tellement intransigeante. Mes muscles intimes se contractent autour de lui, essayant en vain de le repousser. Sa verge est proportionnelle au reste de son corps, si longue et si grosse qu'elle m'étire au point de me faire mal. Si je n'avais pas été si mouillée, il m'aurait déchirée. Mais je *suis* excitée et après quelques instants mon corps commence à s'adoucir et à s'ajuster à sa taille. Inconsciemment, je relève les jambes, j'attrape ses hanches comme il me l'a ordonné et cette nouvelle position lui permet de me pénétrer encore plus profondément, une sensation si violente qu'elle me fait crier.

Alors il commence à bouger tout en me fixant de ses yeux qui se mettent à briller. Chaque coup est aussi fort que le premier et pourtant mon corps ne tente plus de leur résister. Au contraire, il se lubrifie encore davantage ce qui facilite sa pénétration. Chaque fois qu'il s'enfonce en moi, son entrejambe heurte mon sexe et appuie sur mon clitoris et la tension augmente au plus profond de mon corps, chaque seconde elle est encore plus forte. J'ai la stupéfaction de m'apercevoir que je vais jouir pour la deuxième fois… et alors c'est l'orgasme, la tension escalade jusqu'à l'explosion, j'en perds la tête et mes terminaisons nerveuses sont électrifiées.

Je ressens tout, mes propres vibrations, mes muscles se contractant et se relâchant autour de sa verge, puis je vois ses yeux devenir vagues et il s'immobilise. Un cri rauque et sourd lui échappe quand il donne un dernier coup de reins, je sais qu'il vient de jouir à son tour, mon orgasme l'a amené au point de non-retour.

En haletant, je le fixe et je vois ses yeux bleu pâle retrouver la vue. Il est toujours en moi et brusquement cette intimité m'est insupportable. Il ne m'est rien, c'est un inconnu, et pourtant il m'a baisée.

Il m'a baisée et je l'ai laissé faire parce que c'est mon travail.

En avalant ma salive, je repousse sa poitrine et je dénoue mes jambes.

— S'il te plaît, laisse-moi par terre. Je sais que je devrais lui dire des mots doux, le flatter, lui dire à quel point c'était merveilleux et qu'il m'a donné le plus grand plaisir de ma vie. Ce ne serait même pas un mensonge, je n'ai jamais joui deux fois de suite comme ça. Mais je n'y arrive pas. Je me sens trop exposée, trop envahie.

Avec cet homme, je ne contrôle plus la situation, et le savoir me fait peur.

Je ne sais pas s'il s'en rend compte ou s'il veut seulement jouer avec moi, mais un sourire sardonique apparaît sur ses lèvres.

— Ce n'est plus le moment d'avoir des regrets, ma belle, murmure-t-il, et avant de me donner le temps de répondre il me repose et me lâche les fesses. Sa verge ramollie glisse de mon corps et il recule tandis que je le regarde, la respiration toujours entrecoupée, il enlève nonchalamment le préservatif et le laisse tomber sur le sol.

Sans trop savoir pourquoi, le voir faire ça me fait rougir. Il y a quelque chose de tellement sale dans ce préservatif qui est là. C'est peut-être parce que je me sens comme lui : utilisée, puis jetée. En voyant mon peignoir sur le sol, je tends le bras pour l'attraper, mais la main de Lucas arrête mon geste.

— Que fais-tu ? demande-t-il en me fixant. Il ne semble pas le moins du monde gêné que son jean soit toujours ouvert avec sa verge qui en sort. Nous n'avons pas encore terminé.

Mon cœur tressaute.

— Ah bon ?

— Non, dit-il en se rapprochant. Et je suis choquée de le sentir durcir contre mon ventre. Loin de là.

Et en me serrant par le bras, il m'entraîne vers le lit.

CHAPITRE QUATRE

❖ YULIA ❖

L'esprit tourmenté je m'assieds au bord du lit et je regarde Lucas se déshabiller.

Il enlève d'abord son pull, révélant un tee-shirt qui moule sa poitrine musclée. Ensuite, il enlève ses chaussures et fait descendre son jean et son slip noir. Ses jambes sont aussi puissantes qu'elles semblaient à travers ses vêtements, très musclées et aussi bronzées que son visage. Sa verge qui est de nouveau en érection jaillit d'un nid de poils blond foncé à l'entrejambe et quand il enlève son tee-shirt je vois les abdominaux bien définis de son buste athlétique.

Lucas Kent a un corps de sportif, un beau corps d'une force implacable.

En le regardant, je m'aperçois que j'ai bizarrement envie de le toucher. Pas pour lui faire plaisir ni parce qu'il s'y attend, mais parce que j'en ai le désir. Je veux savoir quelle sensation me donneront ses muscles quand le bout de mes doigts se posera sur eux, si sa peau bronzée est douce ou pas. Je veux lui lécher le cou, passer ma langue dans le creux qui se trouve au-dessus de sa clavicule, et découvrir le goût de sa peau brûlante.

C'est absurde, mais j'ai envie de lui. J'ai envie de lui bien qu'il m'ait fait mal en me baisant sans ménagement, bien qu'il ne soit qu'un contrat et rien de plus.

Il enlève son jean et son slip et les écarte puis il vient vers moi. Je ne bouge pas à son approche. Je retiens même mon souffle. Quand il est près de moi, il s'arrête et s'accroupit.

— Couche-toi ! murmure-t-il tout en m'attrapant par les mollets. Et avant même de me donner le temps de comprendre ce qu'il fait, il m'attire vers lui et ne s'arrête que quand mon derrière est en partie en dehors du matelas.

— Qu'est-ce que tu… je commence à dire, mais il fait comme s'il n'entendait rien, et il me rabat d'une main sur le matelas. Je retombe sur le dos, le cœur battant à se rompre, et alors je le sens.

Son souffle chaud sur mon sexe quand il m'ouvre les cuisses.

Ma respiration s'accélère encore, la température de mon corps monte quand il embrasse mes plis fermés, ses lèvres sont délicates. Il appuie à peine sur mon clitoris, mais les orgasmes de tout à l'heure l'ont rendu si sensible que même en m'effleurant il fait vibrer mes nerfs. J'en perds le souffle, je me cambre vers lui et il a un petit rire dont les vibrations graves et masculines me pénètrent la chair, intensifiant encore le désir douloureux que je ressens.

— Lucas, attends ! Ma voix est haletante, le désir qu'il provoque me donne la panique. Le plafond devient flou sous mes yeux. Attends, ne fais pas…

Une fois de plus, il ne m'écoute pas, sa langue caresse ma fente et se glisse dans mon ouverture. Quand il commence à me baiser avec, j'oublie ce que j'allais lui dire. J'oublie tout. Mes yeux se ferment et tout autour de moi le monde s'évanouit, il n'y a plus que l'obscurité et sa langue qui va et vient dans mon intimité trempée. Mon ardeur est incandescente, ma chair si gonflée et si sensible que sa langue me semble aussi grosse que sa verge. Mais elle est plus douce, plus souple et quand il remonte plus haut vers mon clitoris, je me raidis, j'ai l'impression d'être une corde qui se tend de plus en plus.

— Lucas, je t'en prie… Ces paroles m'échappent, c'est une prière et un gémissement. Je ne sais ce que je lui demande, mais lui, il a l'air de le comprendre parce qu'il ferme les lèvres autour de mon clitoris et commence à le sucer. Légèrement, doucement, avec les lèvres tandis que sa langue me caresse par en dessous. Et ça suffit. Mieux que ça, mes doigts de pied se recroquevillent, la tension s'accumule dans mon sexe en vibrant, je me cambre de plus belle et je jouis en étouffant un cri, l'orgasme me foudroie avec une violence inouïe. Chaque fibre de mon corps est atteinte par la vibration du plaisir que je viens d'atteindre et mon cœur s'emballe dans ma poitrine.

Avant même de me donner le temps de me remettre, il me retourne sur le ventre et m'installe au bord du lit. Alors j'entends s'ouvrir un autre sachet d'aluminium et une seconde plus tard il plonge en moi, sa grosse verge me pénètre et m'étire une fois de plus. J'ai le souffle coupé, mes mains s'agrippent aux draps tandis qu'il me pilonne violemment sur un rythme rapide, me martelant si fort que cela devrait me faire mal, mais mon corps est désormais au-delà de la souffrance. Je ne sens que mon désir. Il m'a submergé et je me grise des sensations qu'il me donne. Tandis qu'il va et vient, il coince mon sexe au bord du matelas et me caresse le clitoris sur un tel rythme que j'explose une fois de plus en criant son nom. Mais il ne s'arrête toujours pas.

Il continue à me baiser, ses doigts s'enfonçant dans mes hanches, il continue à aller, et venir, sans s'arrêter.

* * *

Je me réveille le corps entrelacé avec le sien, nous sommes collés par une sueur moite. Je ne me souviens pas de m'être endormie dans ses bras, mais c'est ce qui a dû se passer parce que m'y voilà maintenant, cernée par son grand corps.

Il fait sombre, et il dort. J'entends sa respiration régulière et je sens monter et descendre sa poitrine, car ma tête est posée sur son épaule. J'ai la bouche sèche et la vessie pleine, j'essaie donc de me glisser sous son bras lourd qui se resserre immédiatement autour de moi.

— Où vas-tu ? Lucas parle d'une voix enrouée et ensommeillée.

— À la salle de bains, j'explique prudemment. J'ai besoin d'aller aux toilettes.

Il lève le bras et enlève sa jambe qui retenait mon mollet.

— D'accord, vas-y.

Je me dégage et m'assieds, j'ai mal et je fais la grimace. Je ne sais pas combien de temps il m'a baisée la deuxième fois, mais cela a duré au moins une heure, voire plus. J'ai fini par ne plus compter le nombre de fois que j'ai joui, les orgasmes se sont succédé comme des montagnes russes.

Mes jambes flageolent en me levant, l'intérieur de mes cuisses me fait mal tant elles ont été écartées. Après m'avoir baisée par-derrière, il m'a retournée et m'a attrapée par les chevilles en me tenant les jambes ouvertes pour me marteler si violemment que je l'ai supplié d'arrêter. Évidemment, il n'en a rien fait. Il s'est contenté de se mouvoir et de changer l'angle de ses coups pour atteindre ce point sensible en moi et alors toute souffrance a disparu, je me suis abandonnée au plaisir tout-puissant et à la force de sa possession.

En respirant fortement, je m'oblige à revenir au présent, ma vessie me rappelle un autre besoin pressant à satisfaire. En tremblant, je vais à la salle de bains pour me soulager. Puis je lave mes mains, je brosse mes dents et je m'asperge le visage d'eau froide pour essayer de retrouver un équilibre.

Tout va bien, me dis-je tout en regardant mon visage pâle dans la glace. Tout se passe comme prévu. Et si j'ai eu autant de plaisir, tant mieux, ce n'est pas un problème. Peu importe que cet inconnu sans scrupule me fasse jouir ainsi, ça ne signifie rien. On a seulement baisé, c'est un acte physique sans aucune signification.

Sauf qu'avec lui ça n'est pas vrai.

Non. En fermant les yeux de toutes mes forces, j'oblige cette voix à se taire et je m'asperge de nouveau le visage comme pour éliminer mes doutes. J'ai un travail à accomplir et, peu importe si je considère cette nuit de plaisir comme un bonus.

Il n'y a rien de mal à prendre du plaisir, du moment que cela ne signifie rien pour moi.

Me sentant légèrement mieux je retourne me coucher, Lucas m'attend. Dès que je m'allonge à ses côtés, il m'attire vers lui, se serre contre moi par-derrière et nous recouvre tous les deux d'une couverture. Je pousse un soupir de plaisir en sentant la chaleur de son corps. Cet homme est une véritable source de chaleur, il en émane tant de lui que je me sens tout de suite bien confortable et que j'en oublie le froid qui règne en permanence dans mon appartement.

— Quand pars-tu ? fais-je doucement alors qu'il m'aide à mieux m'installer, prenant ma tête sur son bras tendu et posant l'autre sur ma hanche. C'est ce qu'il me faut apprendre de lui, le renseignement que je dois à Obenko pour compenser mon échec, et pourtant je ressens une certaine tension en attendant la réponse de Lucas.

Cette bouffée d'émotion, ça ne peut pas être du regret à la pensée de son départ…

Ce serait absurde.

Lucas m'embrasse dans l'oreille.

— Demain matin, murmure-t-il en me mordillant le lobe. Son souffle me fait frissonner, un frisson brûlant. Je dois partir d'ici dans deux ou trois heures.

— Oh ! Sans tenir compte d'un absurde soupçon de tristesse, je fais rapidement les comptes. Selon le réveil de ma table de nuit, il est quatre heures passées. S'il doit quitter mon appartement vers six heures, cela signifie que leur avion décollera vers huit ou neuf heures du matin.

Obenko n'a plus beaucoup de temps pour l'attaque qu'il envisage contre Esguerra.

— Tu ne peux pas rester plus longtemps ? Je tourne la tête pour effleurer des lèvres le bras tendu de Lucas. C'est le genre de question que peut poser une femme amoureuse, je n'ai donc pas peur qu'elle puisse éveiller les soupçons.

Il a un petit rire.

— Non, ma belle, ce n'est pas possible. Et d'ailleurs, tu devrais t'en réjouir - il bouge le bras et pose la main sur mon sexe- si tu as aussi mal que tu me l'as dit.

J'avale ma salive en me souvenant qu'à la fin de notre marathon amoureux j'ai imploré sa pitié, j'avais la chair tellement à vif à force de baiser. C'est incroyable, je sens certaines sensations se raviver à ce souvenir et en sentant cette grande main puissante venir entre mes jambes.

— J'ai *vraiment* mal, fais-je en espérant à la fois qu'il s'arrête et qu'il ne s'arrête pas.

Je suis donc soulagée et déçue quand il repose la main sur ma hanche, même si je sens sa verge bouger contre mon derrière. Cet homme est une bête de sexe, son désir est irrépressible. Selon le dossier qu'on m'a donné, il a trente-quatre ans. Après l'adolescence, la plupart des hommes n'ont pas envie de faire l'amour trois fois par nuit. Peut-être une ou deux fois, mais trois ? Sa verge ne devrait pas se raidir pour si peu.

Si bien que je me demande depuis combien de temps Lucas Kent n'a pas été avec une femme.

— Et tu reviendras bientôt ? je murmure innocemment, en repoussant cette pensée. C'est ridicule, mais l'imaginer avec d'autres femmes, leur donnant le genre de plaisir qu'il m'a donné me serre le cœur de manière désagréable.

— Je ne sais pas, dit-il en bougeant de telle manière que sa demi-érection soit mieux calée contre mon derrière. Un jour peut-être…

— Je vois.

Je fixe l'obscurité en luttant contre cette part de moi qui veut hurler comme un enfant auquel on a pris son jouet préféré. Ce n'est pas réel, rien de tout ceci n'est réel. Même si j'étais vraiment interprète, je saurais que ceci n'est qu'une aventure d'une nuit. Mais je ne suis pas la fille facile et insouciante que je fais semblant d'être. Je n'ai pas couché avec lui pour m'amuser. Je l'ai fait pour obtenir un renseignement, et maintenant que je l'ai obtenu, il faut immédiatement le transmettre à Obenko.

Tandis que la respiration de Lucas redevient régulière ce qui signifie qu'il s'est rendormi, je prends mon téléphone avec précaution. Il est posé sur la table de nuit à moins de deux mètres de moi et je parviens à l'atteindre sans déranger Lucas qui me tient toujours contre lui. Sans tenir compte de mon cœur qui se serre, je tape un message codé à Obenko pour l'informer que Kent est avec moi, et l'heure à laquelle ils ont l'intention de partir.

Si mon patron a l'intention de frapper Esguerra, c'est le bon moment puisqu'au moins un homme de son équipe de sécurité lui fait défaut.

Dès que le message est parti, je l'efface et replace le téléphone sur la table de nuit. Puis je ferme les yeux et je m'oblige à me détendre le long du corps musclé de Lucas.

Pour le meilleur ou pour le pire, j'ai rempli mon contrat.

CHAPITRE CINQ

❖ LUCAS ❖

Je me réveille avec des sensations inhabituelles, un mince corps féminin entre les bras et un léger parfum de pêche dans les narines. En ouvrant les yeux, je vois des cheveux blonds en désordre sur l'oreiller et une fine épaule blanche qui sort de la couverture.

Après avoir été pris de cours un instant, je me souviens.

Je suis avec Yulia Tzakova, l'interprète que les Russes ont engagée pour la réunion d'hier.

Les souvenirs de la nuit dernière affluent dans ma tête et me font bouillonner le sang.

C'était chaud, putain ! Plus que cela... torride.

Avec elle tout a été parfait, au lit c'était si intense que je bande rien que d'y penser. Je ne savais pas à quoi m'attendre en débarquant chez elle, mais certainement pas à ce qui s'est passé la nuit dernière.

Je l'avais regardée pendant toute la réunion, j'avais apprécié sa manière de traduire si aisément, d'une voix douce et dénuée du moindre accent. Ce n'est pas étonnant qu'elle ait attiré mon attention. J'ai toujours aimé les grandes blondes aux longues jambes et Yulia Tzakova est aussi jolie que possible avec ses yeux bleus limpides et ses pommettes saillantes. Elle n'a pas vraiment mangé durant le repas, simplement grignoté les hors-d'œuvre, mais elle a bu du thé et je me suis surpris à la fixer quand ses lèvres roses et brillantes ont touché le bord de la tasse de porcelaine... quand sa douce gorge blanche bougeait en avalant. J'avais envie de sentir ces lèvres autour de ma verge et voir bouger sa gorge en avalant mon sperme. J'avais envie de lui ôter ses élégants vêtements et de la pencher sur la table, d'empoigner ses longs cheveux soyeux et de la pénétrer pour la baiser jusqu'à la faire crier et la faire jouir.

J'avais envie d'*elle*, et elle ne semblait avoir d'yeux que pour Esguerra.

Même maintenant, savoir qu'elle a flirté avec mon patron me laisse un goût amer. Et pourtant ça ne devrait pas avoir d'importance. Esguerra attire toujours les femmes et ça ne m'a jamais dérangé. En fait, ça m'amuse, cette manière qu'ont celles-ci de se jeter à sa tête même quand elles devinent sa véritable nature.

Même sa nouvelle épouse, une jolie petite Américaine qu'il a kidnappée il y a deux ans a l'air d'avoir succombé à ses charmes. C'est donc logique qu'Yulia tente sa chance avec lui, ou du moins c'est ce que je me disais en la regardant fixer Esguerra pendant toute la réunion.

Si elle avait envie de lui, bonne chance à elle !

Mais lui n'avait pas envie d'*elle*. Cela m'avait surpris, même si je ne l'avais vu avec aucune autre femme que la sienne depuis deux ans. Il se contentait d'aller dans son île privée. C'était seulement il y a quelques mois que j'avais appris qu'il y gardait son Américaine, celle qu'il avait fini par épouser. Cette jeune fille, Nora, avait dû satisfaire tous ses désirs pendant tout ce temps. Et elle devait continuer d'en faire autant puisqu'Esguerra n'avait pas accordé le moindre regard à Yulia.

Moi aussi j'étais tenté d'oublier l'interprète, mais il m'a demandé de la fouiller. Elle était là, frigorifiée dans son manteau élégant, et j'ai donc eu l'occasion de la toucher, de passer les mains sur son corps pour voir si elle était armée. Elle ne l'était pas, mais sa respiration avait changé quand je l'avais touchée. Elle ne m'avait pas regardé, elle n'avait pas bougé, mais j'avais senti une légère altération dans son souffle, et j'avais vu ses joues pâles se colorer très légèrement. Jusqu'à ce moment-là, je n'avais pas pensé qu'elle m'avait porté la moindre attention, mais à cet instant précis, j'avais compris que si, et qu'elle résistait à cette attirance. Alors quand Esguerra avait décliné son invitation j'avais brusquement pris la décision de la garder pour moi.

Rien que pour une nuit, pour satisfaire mon désir.

Il ne m'avait pas été difficile de me procurer son adresse, un appel à Bushekov avait suffi, et puis j'étais arrivé à sa porte en m'attendant à retrouver la même jeune femme sophistiquée et sûre d'elle-même qui avait flirté avec mon patron.

Sauf que celle qui m'avait accueilli était différente.

C'était une jeune fille qui semblait à peine sortie de l'adolescence, avec son beau visage sans le moindre maquillage, et son long corps mince dans un vilain peignoir. Elle m'avait laissé entrer dans son appartement après m'avoir entendu lui dire ouvertement ce que je voulais, mais l'expression de ses grands yeux bleus était celle d'une bête traquée. Pendant une minute, je m'étais même demandé si elle voulait vraiment que je sois là. Elle semblait aussi nerveuse qu'un petit lapin face à un renard. Son anxiété était tellement tangible que je m'étais demandé si j'avais commis une erreur en venant chez elle, comme si je m'étais finalement trompé soit sur son degré d'expérience soit sur son degré d'intérêt à mon égard.

Je n'allais la toucher qu'une seule fois, avais-je pensé quand elle avait pris mon anorak. Une seule fois, et si elle n'avait pas envie de moi je m'en irai. Je n'ai jamais forcé une femme à faire quelque chose dont elle n'avait pas envie et je n'avais pas l'intention de commencer avec elle, cette jeune fille qui semblait étrangement innocente malgré ses liens suspects avec le Kremlin.

Cette jeune fille dont j'avais de plus en plus envie.

Je m'étais dit que je m'arrêterais après l'avoir touchée une seule fois, mais dès que je l'avais fait, j'avais su que je m'étais menti. Sa peau laiteuse était douce comme celle d'un bébé, sa mâchoire si délicate qu'elle en semblait fragile. Ma main brune semblait brutale en contraste avec sa pâleur et sa perfection, ma paume si grande que j'aurais pu lui écraser le visage d'un seul coup en refermant les doigts.

Elle s'était figée quand je l'avais touchée et j'ai pu voir son pouls battre sur le côté de son cou. Quand je l'avais fouillée quelques heures plus tôt, elle avait un parfum de luxe, mais maintenant ce n'était plus le cas. Debout devant moi, les joues rougissantes, elle avait un innocent parfum de pêche. Logiquement, je savais que ça devait venir de son bain moussant, mais j'en avais quand même l'eau à la bouche tant je désirais la lécher et goûter sa chair fraîche au goût de fruit.

De voir ce qui se cachait sous ce peignoir si peu sexy.

Elle avait parlé de m'offrir quelque chose à boire ou peut-être un café, mais je l'avais à peine entendue, toute mon attention se concentrait sur un peu de sa peau qui apparaissait en haut de son peignoir.

— Non, avais-je répondu machinalement, pas de café, puis, j'avais attrapé la ceinture de son peignoir comme si mes mains bougeaient de leur propre initiative.

Son vêtement s'est ouvert facilement, révélant un corps digne de mes fantasmes les plus brûlants. Des seins plantureux et haut placés surmontés de tétons roses durcis, une taille assez fine pour l'entourer de mes mains, des hanches doucement arrondies, et de longues, longues jambes. Et, entre ses jambes, pas une ombre de duvet, rien que la courbe lisse et nue de son sexe.

J'ai bandé tellement fort que j'en avais mal.

Elle avait rougi de plus belle, au visage et sur la poitrine, et le peu de contrôle de moi-même qui me restait s'était évanoui. Je lui avais caressé la poitrine et donné une chiquenaude à ses tétons, et j'avais regardé ses pupilles s'agrandir et ses yeux bleus s'assombrir.

Elle répondait à mes avances. Elle avait peut-être toujours peur, mais elle réagissait.

Peu, mais ça me suffisait. Si une bombe avait explosé à nos pieds, je serais resté sur place.

— Vous n'y allez pas par quatre chemins, n'est-ce pas ? a-t-elle murmuré en relevant les yeux vers moi et, je lui avais rétorqué que je n'avais pas le temps de jouer. C'était vrai, car mon désir pour elle était plus fort et plus violent que tout ce que j'avais ressenti jusqu'à présent. À cet instant j'aurais fait n'importe quoi pour la posséder… et commis n'importe quel crime.

— Et si je refuse ? a-t-elle demandé d'une voix légèrement tremblante, et j'avais dû faire un effort inhumain pour lui demander si effectivement elle refusait. J'avais réussi à conserver une voix calme tout en la caressant doucement autour de son téton et en glissant l'autre main dans ses cheveux, mais elle ne m'avait pas vraiment répondu. À la place, elle m'avait demandé ce que je ferais si c'était le cas, si je partais.

— Qu'en pensez-vous ? lui ai-je demandé, pétrifié en essayant de deviner sa réponse, mais elle n'avait pas répondu. Elle avait dû deviner le désir violent qui montait en moi et décidé d'arrêter de me titiller. Dans ses yeux, j'avais pu voir son acceptation, je l'avais senti vaciller vers moi, comme si elle m'accordait sa permission.

Alors je l'avais touchée, et j'avais senti une douce chaleur entre ses jambes.

J'avais mis le doigt dans son sexe bien serré et senti qu'elle était mouillée.

Elle avait envie de moi, à moins qu'elle ait mouillé pour quelqu'un d'autre.

À moins, qu'elle ait pensé à Esguerra à ce moment-là.

Cette pensée m'emplit d'une rage noire.

— Es-tu toujours aussi mouillée avec les hommes dont tu n'as pas envie ? ai-je lancé, incapable de cacher mon absurde jalousie, et alors elle avait dit qu'elle avait envie de moi. Qu'elle avait d'abord eu envie d'Esguerra et que maintenant elle avait envie de moi.

— Est-ce que cela vous gêne ? a-t-elle demandé, et pour la première fois depuis mon arrivée, elle ressemblait à la jeune femme sûre d'elle du restaurant et non plus à la jeune fille terrifiée qui m'avait ouvert sa porte.

Cette dualité me fascinait et m'excitait, même si la rage continuait à bouillir dans mes veines.

— Non, ai-je dit en enfonçant un autre doigt dans son fourreau glissant et en trouvant son clitoris avec le pouce. Non, pas du tout.

Ses yeux avaient vacillé, ils étaient devenus vagues et j'avais senti ses muscles intimes se resserrer autour de mes doigts, se mouiller encore plus sous mes caresses. Ses mains avaient attrapé mon bras comme si elle voulait m'arrêter, mais son corps était heureux que je la touche. Je l'avais observé attentivement, examinant chaque nuance des expressions de son visage, écoutant chaque soupir et chaque gémissement tout en la caressant à l'intérieur et autour de son sexe. Elle était ardente, si ardente que j'avais tout de suite compris ce qui lui plaisait, ce qui la faisait mouiller sur mes doigts. Je sentais son corps commencer à se contracter, je la voyais respirer plus vite, et ma verge était devenue si grosse que j'avais cru qu'elle allait exploser.

— Oui, voilà ! J'avais appuyé encore plus fort sur son clitoris. Tu vas jouir pour moi, ma belle, voilà…

Et elle avait joui. Son regard était devenu lointain, elle n'y voyait plus, et ses plis s"étaient contractés autour de mes doigts. Je l'avais tenu jusqu'à ce que ses contractions s'arrêtent, mon autre main empoignant toujours ses cheveux soyeux, puis je lui avais dit avec satisfaction

— Voilà ! C'était bon, n'est-ce pas ?

Elle ne m'avait pas répondu tout de suite et je m'étais de nouveau demandé si je m'étais trompé, si je l'avais contrainte à faire ça. Puis elle avait tendu la main et elle l'avait posé avec hardiesse sur mon entrejambe à travers mon jean.

— Oui, c'était *vraiment* bon, avait-elle murmuré en levant les yeux vers moi. Et maintenant, à ton tour.

Je n'avais pas eu besoin de l'entendre deux fois. J'étais comme une bête sauvage qu'on venait de libérer et pourtant j'avais réussi à l'embrasser sans trop de brusquerie, en savourant ses lèvres au lieu de les dévorer alors que tout en moi m'y poussait. Sa bouche était délicieuse, brûlante comme du thé au miel, et pendant une minute j'étais parvenu à maintenir un semblant de contrôle et à faire comme si je n'étais pas fou de désir.

Mais je l'étais et quand son peignoir était tombé de ses épaules, j'avais craqué, je l'avais poussée contre le mur. C'était seulement parce que j'en avais l'habitude depuis vingt ans que je m'étais souvenu de mettre un préservatif, puis je l'avais soulevé et je lui avais dit de m'entourer de ses jambes tandis que je la pénétrais, incapable d'attendre plus longtemps.

Elle était serrée tout autour de moi, si incroyablement serrée et brûlante que j'avais presque joui sur-le-champ, surtout quand ses muscles internes s'étaient contractés et que son corps s'était tendu sous la pénétration. J'avais eu peur de lui faire mal, je m'étais arrêté un instant, attendant que ses jambes se relèvent autour de mes hanches et puis je l'avais baisé pour de bon, pris par le désir le plus fort que j'aie jamais connu. J'aurais voulu aller si loin qu'il n'aurait pas été possible de ressortir, la prendre si fort que j'aurais laissé mon empreinte dans sa chair.

Je l'observais en la baisant, et j'avais su immédiatement quand elle avait joui. Elle avait ouvert grands les yeux, semblant surprise, puis j'avais senti les ondulations et les spasmes de ses parois autour de ma verge. La sensation avait été si intense que je n'avais pas pu retenir mon propre orgasme. Il avait déferlé d'une façon irrésistible en s'élançant du bas de ma colonne bourses tandis que je la martelais, j'avais besoin d'être aussi profondément que possible en elle, me souder à elle dans ce plaisir explosif, ce plaisir fou.

Ce fut le meilleur orgasme de ma vie. Je planais, j'étais consumé par son goût, la sensation de son corps, et pendant quelques instants j'avais cru qu'il en allait de même pour elle, puis elle m'avait repoussé.

— Pose-moi par terre s'il te plaît, a-t-elle dit d'un air malheureux. Et cela avait été comme une douche froide.

Je venais de la faire jouir deux fois de suite et l'on aurait dit que je venais de la violer.

Putain, comme si je venais de l'attaquer dans une ruelle.

Alors quelque chose en moi est parti en vrille. Les lèvres tordues d'un sourire sardonique, je lui ai dit :

— C'est trop tard pour avoir des regrets, ma belle. Je l'ai reposée et je me suis obligé à lâcher son joli derrière bien ferme. En reculant, ma verge était sortie et le préservatif rempli de semence a commencé à se défaire.

Je l'ai enlevé et jeté sur le sol. Ses yeux ont suivi mon geste et de nouveau je l'ai vu rougir. Ce qui venait de se passer la gênait, je l'avais compris, et ma colère s'en est accrue.

Elle m'avait invité à entrer, elle avait dit qu'elle avait envie de moi, *son corps m'avait montré qu'elle avait envie de moi* et maintenant elle se comportait comme si c'était une grave erreur.

Comme si elle n'avait qu'une hâte, être loin de moi.

Eh bien, qu'elle aille se faire foutre, ai-je décidé, mon sang bouillonnait de furie et d'un renouveau de désir. Si elle pensait s'en tirer avec cette attitude de merde, elle se trompait vraiment.

Et pendant le reste de la nuit, je m'étais consacré à lui montrer à quel point elle s'était trompée.

Je l'avais léchée et baisée jusqu'à ce qu'elle m'implore d'arrêter, jusqu'à ce que sa voix soit enrouée à force de crier mon nom et que ma queue eut mal à force de marteler sa chair. Je l'avais fait jouir encore une demi-douzaine de fois avant de m'accorder un second orgasme et puis j'avais dû m'empêcher de la prendre une troisième fois quand elle s'était réveillée pour aller aux toilettes.

J'ai dû m'en empêcher, parce que contre toute attente j'en voulais encore plus.

J'en veux encore plus.

Fils de pute. J'ai dit à Yulia que je reviendrai peut-être un jour, mais si cette soif folle ne disparaît pas il me faudra revenir à Moscou plus tôt que prévu, peut-être dès que nous en aurons terminé au Tadjikistan.

Oui, c'est ça, décidé-je tout en me levant et en commençant à m'habiller.

Je ferai mon boulot et ensuite si je pense encore à la Russe je reviendrai pour elle.

CHAPITRE SIX

❖ YULIA ❖

Je fais semblant de dormir quand Lucas s'habille et sort discrètement de mon appartement. Quand il referme la porte derrière lui, j'entends le clic de la serrure automatique. Je lui sais gré de l'avoir fait. À Moscou, on n'est pas en sécurité si on laisse la porte ouverte, ne serait-ce que quelques minutes. Les gangsters sont audacieux, pleins d'ingéniosité et semblent omniprésents.

Je reste couchée encore une minute les yeux fermés pour m'assurer que Lucas ne va pas revenir puis je me lève d'un bond sans tenir compte de la douleur que je sens entre les jambes. Mais la raison pour laquelle j'ai mal me revient d'elle-même à l'esprit et de nouveau une étrange bouffée de tristesse m'envahit.

Il est bien probable que je ne revoie jamais Lucas.

Mais arrête donc, me dis-je dit en me grondant. Nous avons fait l'amour, rien de plus. Ce que je dois faire maintenant c'est chercher à savoir si Obenko a réussi à frapper Esguerra tandis que Kent était ailleurs. Si oui, ce contrat sera terminé pour moi. Je suis bien protégée, mais une fois que les Russes s'apercevront de la fuite je serai exposée aux soupçons.

J'appelle Obenko tout en m'habillant.

— Quoi de neuf ? je demande quand il décroche.

— Nous avons un plan, dit-il. Nous avons repéré le Boeing C-17 d'Esguerra, c'est le seul appareil privé de cette taille à décoller dans les deux prochaines heures. Notre contact en Ouzbékistan s'occupera du reste.

Je suis en train d'enfiler mes bottes, mais je m'interromps pour demander :

— Que voulez-vous dire ?

— L'armée d'Ouzbékistan leur enverra un missile quand ils survoleront leur espace aérien, dit Obenko. Bien sûr, ce sera un accident. Les Russes ne seront pas contents, mais ils ne vont pas entrer en guerre pour un trafiquant d'armes. Notre contact sera emprisonné et rétrogradé, mais sa famille recevra une importante compensation pour ses désagréments.

— Vous allez abattre l'avion d'Esguerra ? Ma gorge se noue. Peu m'importe ce qui arrive à Esguerra, mais penser que Lucas va mourir dans de la tôle froissée ou être déchiqueté dans une explosion…

— Oui. Ce serait trop risqué de s'en prendre à lui ici. Il a quatre douzaines de mercenaires à ses côtés. On ne peut pas l'atteindre autrement.

— Je vois. Je me glace des pieds à la tête, comme si quelqu'un venait de piétiner ma tombe. Alors ils vont tous mourir.

— Effectivement, si tout se passe comme prévu. La menace sera éliminée d'un coup et sans faire de victimes dans notre camp.

— Entendu. J'essaie de donner l'enthousiasme requis à ma voix, mais j'ignore si j'y parviens. Je ne peux penser qu'au grand corps de Lucas carbonisé et mutilé, à ses yeux pâles grand ouverts sans voir le ciel. Ce qui ne devrait pas avoir d'importance, il ne m'est rien après tout. Cependant je ne réussis pas à m'ôter cette image atroce de l'esprit.

— Il faut que nous vous exfiltrions, dit Obenko en ramenant mon attention vers lui. Si les Russes commencent à enquêter sérieusement et si notre contact en Ouzbékistan se met à parler, ils n'auront pas besoin de beaucoup de temps pour comprendre comment nous avons obtenu cette information. C'est regrettable, mais nous savons depuis le début que c'était un risque possible dans ce cas.

— D'accord. Je ferme les yeux et je me frotte le bout du nez. À quel endroit vais-je rencontrer les autres ?

— Prenez le train pour Kon'kovo. Une voiture vous y attendra. Et le téléphone que je tiens dans la main redevient silencieux.

* * *

J'ai besoin de moins de vingt minutes pour faire mes bagages. J'habite Moscou depuis six ans, mais il y a peu de choses auxquelles je tiens. Mon maquillage, une brosse à cheveux, des sous-vêtements de rechange, mon faux passeport, mon revolver, voilà tout ce qui va dans mon grand sac à main Gucci. Et je fais en sorte que les vêtements que je porte (un beau jean glissé dans de grandes bottes sans talons, un pull en cachemire et une grosse parka bien ajustée) soient à la fois chauds et élégants. Si quelqu'un me voit quitter l'appartement, je me conformerai à leur attente, une jeune femme en route pour le travail, bien couverte contre le grand froid.

Après avoir fait mes bagages, j'essuie tout l'appartement pour y effacer mes empreintes digitales et je sors en refermant bien la porte à clé derrière moi. Peu m'importe désormais d'être cambriolée, mais ce n'est pas la peine de faciliter la tâche aux voleurs.

Quand je sors dans la rue, personne ne semble surveiller l'appartement, mais je regarde autour de moi avec méfiance pour m'assurer de ne pas être suivie.

En m'approchant de la station de métro, je suis de nouveau assaillie par la pensée de Lucas, et ça me fait

56

frissonner malgré mes vêtements chauds. Je devrais être contente, ça fait des mois que j'attends d'être exfiltrée, mais je n'arrive pas à penser à autre chose qu'au sort de Lucas.

Sa mort sera-t-elle rapide ou lente ? Sera-t-il tué par le missile ou par le crash de l'avion ? Va-t-il rester conscient assez longtemps pour s'apercevoir qu'il va mourir ?

Va-t-il deviner que j'ai quelque chose à voir avec ce qui s'est passé ?

J'ai la gorge de plus en plus nouée si bien que j'ai du mal à respirer. Dans un instant de panique, je suis saisie par une envie irrésistible de l'appeler, de le prévenir pour qu'il ne prenne pas cet avion. Je cherche même mon téléphone dans mon sac avant de retirer précipitamment la main et de la remettre dans ma poche.

Idiote, idiote, idiote, me fais-je en descendant les marches de la station de métro. Je n'ai même pas le numéro de téléphone de Kent. Et même si je l'avais, le prévenir signifierait que j'ai trahi Obenko et trahi mon pays.

Trahir Misha.

Non, jamais. Je respire pour me calmer et je ne prête pas attention à la foule des voyageurs de Moscou tout autour de moi. Désormais, l'opération n'est plus entre mes mains. Même si je voulais changer quoi que ce soit, ce ne serait pas possible. Obenko et son équipe dirigent tout et la seule chose que je puisse espérer est de quitter rapidement la Russie.

D'ailleurs même si Lucas n'était pas affilié au trafiquant d'armes qui vient de devenir l'ennemi de l'Ukraine, il n'y a pas de place pour la moindre histoire d'amour dans ma vie. Que Kent soit mort ou pas ne devrait pas avoir d'importance parce que dans un cas comme dans l'autre je ne le reverrai pas.

L'arrivée du métro me sort de ma sombre rêverie. Autour de moi, on me bouscule, les voyageurs se frayent une place dans la rame surchargée et je me dépêche pour être sûre d'y monter avant la fermeture des portes.

Heureusement, j'y parviens. J'attrape une rampe et je me faufile entre deux femmes d'âge moyen en faisant de mon mieux pour ignorer les regards appuyés d'un vieil homme assis en face de moi. Dans deux ou trois heures, je n'aurais plus besoin de supporter le métro de Moscou.

J'irai chez moi, à Kiev.

Je ferme les yeux et j'essaie de me concentrer là-dessus, rentrer chez moi.

Être près de Misha, même si je ne pouvais pas le voir.

Mon petit frère a maintenant quatorze ans. Je l'ai vu en photo ; c'est un bel adolescent, avec des yeux bleus brillants et taquins. Sur les photos, il a toujours le sourire, il est avec ses amis. Obenko m'a dit qu'il avait beaucoup et qu'il était sociable.

Heureux de la vie qu'on lui a donnée.

Chaque fois que je reçois l'une de ces photos, je la fixe pendant des heures en me demandant s'il se souvient de moi. S'il me reconnaîtrait si je l'abordais dans la rue. Sans doute pas, il n'avait que trois ans quand il avait été adopté, mais j'aime quand même à croire qu'une part de lui saurait qui je suis.

Qu'il se rappellerait la manière dont je me suis occupée de lui durant cette terrible année à l'orphelinat.

Une annonce faite par une voix nasillarde interrompt ma rêverie. En ouvrant les yeux, je me rends compte que le métro a ralenti.

— Nous nous excusons pour ce retard, répète le conducteur d'une voix forte alors que la rame s'est complètement arrêtée, cet incident devrait être bientôt résolu.

Autour de moi, les passagers grommellent en chœur. À ma gauche, la femme d'âge moyen commence à proférer des jurons tandis que celle qui se trouve à ma droite marmonne quelque chose sur la corruption des fonctionnaires qui empochent les fonds publics au lieu d'améliorer la situation, cet hiver la rigueur des températures a endommagé les routes et le réseau du métro, aggravant encore ce cauchemar qui est l'heure de pointe pour les voyageurs à Moscou.

Je réprime mon propre soupir d'impatience et je jette un coup d'œil à mon téléphone. Comme prévu, il n'y a aucun réseau. Les murs épais du tunnel bloquent la réception si bien que je ne peux pas prévenir mes responsables de mon retard.

Génial, c'est vraiment génial.

Je range le téléphone en essayant de résister à mon agacement. Avec un peu de chance, il suffira d'une soudure pour régler ce problème, ce ne sera pas plus grave que ça. Le mois dernier, un conduit qui avait éclaté a perturbé toute la circulation dans Moscou, dans le métro il y a eu des retards de trois heures au moins. Si cela se reproduit, je ne serai pas au lieu de rendez-vous avant la fin de l'après-midi.

Malgré moi, mes pensées reviennent encore vers Lucas. À la fin de l'après-midi, son avion survolera l'espace aérien de l'Ouzbékistan. Peut-être sera-t-il déjà mort. J'ai des crampes d'estomac en imaginant son corps déchiqueté, anéanti par l'explosion et par le crash.

Arrête, Yulia ! J'ai de plus en plus mal au ventre, maintenant j'ai des gargouillis, et je m'aperçois avec soulagement que j'ai oublié de déjeuner ce matin. J'étais tellement pressée de partir que je n'avais pas pris une bouchée, même pas croquée dans une pomme.

Ce n'est pas étonnant d'avoir mal au cœur. Rien à voir avec Kent, c'est tout simplement la faim.

Oui, voilà. J'ai faim, tout simplement. Quand le métro va repartir et que j'arriverai à destination, je mangerai quelque chose et tout ira bien.

Je serai en sécurité à Kiev, et je ne penserai plus jamais à Lucas Kent.

CHAPITRE SEPT

❖ LUCAS ❖

Quand j'arrive à l'avion, toute l'équipe, y compris Esguerra, se trouve déjà à bord en tenue de combat avec une tenue pare-balles et ininflammable ce qui la rend ridiculement chère. Je sais gré à Esguerra d'insister afin que nous les portions à chaque mission ; elles aident à réduire les victimes parmi nos hommes.

Je suis le dernier à monter à bord et c'est moi qui pilote l'appareil, si bien qu'une fois que je suis équipé, nous décollons pour le Tadjikistan où l'organisation terroriste al-Quadar a son dernier bastion. Esguerra l'a déniché depuis peu et comme ces imbéciles ont fait la connerie de kidnapper sa femme il y a quelques mois, il est déterminé à les exterminer. Les Russes nous ont garanti la sécurité du vol, c'était l'objet de la réunion avec Bushekov et je ne m'attends donc pas à ce qu'il y ait des problèmes. Mais je garde tout de même l'œil sur le radar au fur et à mesure que nous nous éloignons de Moscou et que nous avançons en Asie Centrale.

On ne saurait être trop prudent dans cette partie du monde.

Quand nous avons atteint notre altitude de croisière, je mets l'avion en pilote automatique et je vérifie chacune de mes armes en les démontant pour les nettoyer avant de les assembler à nouveau. C'est l'une des premières choses que j'ai apprises dans la Marine : s'assurer du bon fonctionnement de son armement avant chaque bataille. L'équipement d'Esguerra est de la plus haute qualité et je n'ai jamais eu de problème, mais il suffirait d'une fois.

Ayant vérifié que tout va bien je repose les armes et je jette de nouveau un coup d'œil au radar.

Tout est normal.

Je m'adosse sur mon siège, j'étends les jambes. Je peux déjà sentir la poussée d'adrénaline qui commence à me brûler les veines, une profonde excitation qui se réveille en moi.

L'impatience qui me saisit avant chaque combat.

Mon esprit et mon corps s'y préparent déjà, bien que quelques heures nous séparent encore de notre arrivée.

Voilà ce à quoi je suis destiné, ce que j'adore. J'ai la lutte dans le sang. C'est la raison pour laquelle j'ai rejoint la Marine à la sortie du lycée, la raison pour laquelle la voie que m'avaient tracée mes parents m'était insupportable. L'université, la faculté de droit, rejoindre le prestigieux cabinet d'avocats de mon grand-père, tout cela était inimaginable pour moi. J'aurais étouffé dans ce genre de vie, je serais mort asphyxié dans les conseils d'administration de l'élite de Manhattan.

Bien sûr, ma famille n'avait pas compris. Pour elle, le droit des affaires, avec l'argent et le prestige qui vont avec constitue l'ultime succès. Ils ne pouvaient comprendre pourquoi je voulais prendre une voie différente, pourquoi je voulais devenir autre chose que leur Golden Boy.

— Si tu ne veux pas faire de droit, tu pourrais faire médecine, m'avait dit mon père quand je lui avais confié mes inquiétudes à la fin du lycée. Et si tu ne veux pas faire d'aussi longues études, tu pourrais entrer dans les affaires, dans la banque. Je peux te trouver un stage chez Goldman Sachs pour l'été, ça serait bien pour ton dossier de candidature à Princeton.

Je n'avais pas accepté cette offre. À cette époque, je ne savais pas quel serait mon avenir, mais je savais qu'il n'était pas à Goldman Sachs, ni à Princeton ni dans la boîte privée qui coûtait les yeux de la tête à mes parents. J'étais différent de mes condisciples. Je ne tenais pas en place, j'avais trop d'énergie à dépenser. Je participais à toutes les activités sportives possibles, tous les arts martiaux que je pouvais trouver, mais ça ne me suffisait pas.

Il me manquait quelque chose.

J'ai découvert ce que c'était lors d'une nuit l'année du bac en revenant en titubant après une fête bien arrosée à Brooklyn. Dans une station de métro déserte, je fus attaqué par un groupe de voyous qui espéraient voler de l'argent à un gosse de riches. Ils étaient armés de couteaux et je n'avais rien, mais j'avais trop bu pour m'en soucier. L'entraînement que j'avais reçu aux séances d'arts martiaux m'est revenu d'un coup et je me suis retrouvé dans la première vraie bagarre de ma vie.

Une bagarre où j'avais fini par donner un coup de couteau à quelqu'un et par voir son sang couler sur mes mains.

Une bagarre où j'avais pris conscience du degré de violence que j'avais en moi.

* * *

Nous survolons l'Ouzbékistan et ne sommes plus qu'à quelques centaines de kilomètres de notre destination quand Esguerra vient dans la cabine de pilotage.

En entendant la porte s'ouvrir, je tourne la tête vers lui.

— Nous devrions arriver dans une heure et demie, lui ai-je dit en devançant sa question. Il y a de la glace sur le terrain d'atterrissage, on s'occupe de la dégager en ce moment. Les hélicoptères ont déjà fait le plein et sont prêts à partir.

Nous avons besoin de ces hélicoptères pour nous rendre dans les montagnes du Pamir où nous pensons que se trouve la cachette des terroristes.

— Parfait, dit Esguerra dont les yeux bleus se mettent à briller. Rien à signaler d'anormal dans cette zone ?

Je fais non de la tête.

— Non, tout est calme.

— Bien. Il entre dans la cabine et s'assied sur le siège du copilote. Et la Russe hier soir, elle était comment ? demande-t-il en attachant sa ceinture.

Je sens une pointe de jalousie qui disparaît vite, car je me souviens de la manière dont Yulia a répondu à mes avances tout au long de la nuit.

— Très agréable, fais-je tout en souriant aux souvenirs qui m'envahissent. Vous avez raté quelque chose.

— Oui, j'en suis certain, dit-il, mais je me rends compte qu'il n'a pas le moindre regret. Cet homme est obsédé par sa jeune épouse. Il me semble que les plus belles femmes du monde pourraient défiler nues sous ses yeux et qu'il n'aurait pas la moindre réaction. Le cœur d'Esguerra est bel et bien pris, et par une jeune fille qui fut sa captive, rien que ça.

Cette pensée me fait sourire.

— Je dois dire que je ne vous avais jamais imaginé en homme marié et heureux de l'être, lui fais-je remarquer, et l'idée m'amuse.

Esguerra hausse les sourcils.

— Vraiment ?

Je hausse les épaules, mon sourire s'évanouit. Mon patron et moi, ne sommes pas véritablement amis, je n'ai jamais vu Esguerra être proche de quelqu'un, mais sans que je sache pourquoi il semble plus accessible aujourd'hui.

Ou peut-être est-ce moi qui suis tout simplement de bonne humeur, grâce à cette ravissante interprète.

— Bien sûr, dis-je à Esguerra. D'habitude, les hommes comme nous ne font pas de bons maris.

En fait, je ne pense pas que deux personnes soient moins faites pour la vie de famille.

Esguerra a un petit rire.

— Eh bien, je ne sais pas si à proprement parler Nora pense vraiment que je suis un « bon mari ».

— Alors elle le devrait. Je me retourne vers les manettes. Vous lui êtes fidèle, vous prenez bien soin d'elle et vous avez déjà risqué votre vie pour sauver la sienne. Si ça ne fait pas de vous un bon mari, je ne sais pas ce qu'il lui faut de plus. Tout en parlant, je vois quelque chose bouger sur l'écran radar.

En fronçant les sourcils, je l'examine de plus près.

— Que se passe-t-il ? demande Esguerra en durcissant le ton.

— Je ne sais pas, et au moment précis où je commence à répondre l'avion fait une violente embardée qui me projette presque de mon siège. L'appareil a une secousse et se penche brutalement de côté, l'adrénaline explose dans mes veines tandis que j'entends les bips frénétiques des instruments de contrôle qui se déchaînent.

Nous sommes touchés.

Dans mon esprit, c'est une certitude absolue.

J'attrape les manettes pour essayer de redresser l'avion alors que nous plongeons dans une épaisse couche de nuages. Mon cœur bat à se rompre, je l'entends dans les oreilles.

— Merde, putain merde, merde, putain de bordel de merde…

— Qu'est-ce qui nous a touchés ? Esguerra semble calme, presque détaché. J'entends les grincements et les crachotements des moteurs, puis c'est l'odeur de fumée qui me parvient, accompagnée de hurlements.

L'appareil a pris feu.

Putain de merde !

— Je ne sais pas, c'est tout ce que je parviens à dire. L'avion est en chute libre et je ne parviens pas à le redresser plus d'une seconde à la fois. Qu'est-ce que ça peut bien foutre ?

L'avion est secoué, les moteurs crépitent de manière terrifiante, nous allons droit au sol. Les sommets des montagnes du Pamir sont déjà visibles dans le lointain, mais nous en sommes trop loin pour y parvenir.

Nous allons nous écraser avant d'atteindre notre but.

Non, putain. Je ne suis pas prêt à mourir.

Tout en continuant à proférer des jurons, je continue à me battre avec les manettes, sans prêter attention aux instructions qui m'informent de l'inutilité de mes efforts. L'appareil se redresse grâce à mes efforts, les moteurs ont repris un bref instant puis nous plongeons une nouvelle fois. Je recommence cette manœuvre en faisant appel à toute mon expérience de pilote, mais c'est inutile.

Je ne parviens à retarder notre descente que de quelques secondes.

On dit qu'on voit défiler sa vie devant les yeux avant de mourir. On dit qu'on pense à tout ce qu'on aurait pu faire autrement, à tout ce qu'on n'a pas pu faire.

Ce n'est pas à ça que je pense.

Je suis trop obnubilé par le désir de survivre aussi longtemps que possible.

À côté de moi, Esguerra garde le silence, il a agrippé le bord de son siège tandis que le sol se rapproche de nous à toute vitesse, tout ce qui était petit en contrebas s'agrandit sans cesse. Je peux discerner les arbres, nous survolons une forêt, et je distingue chaque branche dénudée de feuilles et couverte de neige.

Nous sommes près maintenant, si près, et je fais un dernier effort pour guider l'avion et le diriger vers un bosquet et quelques arbustes à quelques mètres de là.

Et puis ça y est, nous nous écrasons dans les arbres avec une violence dévastatrice.

Bizarrement, ma dernière pensée est pour elle.

La jeune fille russe que je ne reverrai jamais plus.

DEUXIÈME PARTIE : LA DÉTENTION

CHAPITRE HUIT

❖ YULIA ❖

Sept heures et demie.

La rame de métro est restée bloquée dans le tunnel pendant sept heures et demie. Le soulagement que je ressens à l'ouverture des portes à la station suivante fut si fort qu'il me fait trembler.

À moins que je ne tremble de faim et de soif. C'est impossible à dire.

En sortant de ce maudit métro, je me fraye un chemin dans la foule de passagers épuisés et à bout de nerfs et je prends l'escalateur pour remonter. Il faut que j'appelle immédiatement Obenko. Mes responsables doivent être fous d'inquiétude.

— Yulia ? Mais putain, qu'est-ce qui se passe ? Comme prévu, Obenko est furieux. Où êtes-vous donc ?

— À Rizhskaya. Je lui indique la station, elle est à vingt arrêts de ma destination. J'étais sur la ligne Kaluzhsko-Rizhskaya.

— Oh, merde ! Vous avez été bloqué à cause de cet imbécile.

— Ouais. Je m'adosse à un mur glacé en haut des marches tandis que l'on se hâte autour de moi. Selon les dernières informations communiquées par le conducteur du train, la raison du retard était une prise d'otages deux rames devant. Un Tchétchène a eu la bonne idée de se harnacher d'une bombe artisanale et de menacer de se faire sauter si ses revendications n'étaient pas satisfaites. La police est parvenue à le maîtriser, mais ils ont mis des heures à le faire sans qu'il y ait de danger. Étant donnée la gravité de la situation, c'est un miracle que nous avons pu sortir du métro avant la tombée de la nuit.

— D'accord. Obenko semble s'être un peu calmé. Je vais demander à l'équipe de retourner au lieu de rendez-vous. Le métro circule de nouveau normalement ?

— Pas sur la ligne Kaluzhsko-Rizhskaya. On dit que le trafic sera rétabli plus tard dans la soirée. Je vais devoir prendre un taxi. Je saute d'un pied sur l'autre, ma vessie me rappelle que ça fait des heures que je n'ai pas pu aller aux toilettes. J'ai besoin d'y aller, j'ai besoin de manger de toute urgence, mais d'abord il y a quelque chose que je dois savoir. Vasiliy Ivanovitch, je dis en hésitant et en appelant mon patron par son nom en entier avec son patronyme, est-ce que l'opération… a réussi ?

— L'avion a été abattu il y a une heure.

Mes genoux flanchent, j'ai le vertige et tout devient flou pendant un instant. Sans le mur derrière moi, je serais tombée.

— Y a-t-il des survivants ? Ma voix s'étrangle et j'ai besoin de m'éclaircir la gorge avant de continuer. C'est-à-dire… vous êtes certain que la cible a été éliminée ?

— Nous n'avons pas encore la liste des victimes, mais je ne vois pas comment Esguerra aurait pu s'en sortir.

— Oh… bien. J'ai de la bile dans la gorge, il me semble que je vais vomir. Après l'avoir vite avalée, je parviens à répondre : je dois y aller maintenant et trouver un taxi.

— Entendu. Tenez-moi au courant s'il y a d'autres problèmes.

— Bien sûr. J'appuie pour raccrocher et je pose la tête contre le mur en avalant de l'air froid. J'ai mal au cœur, l'estomac vide et plein d'acidité. Mon métabolisme est rapide, j'ai besoin de manger régulièrement, mais je ne me souviens pas de n'avoir jamais été aussi mal à cause de la faim.

Des yeux bleu pâle vides qui n'y voient plus. Du sang qui coule le long d'une dure mâchoire carrée…

Non, arrête ! Je me force à me redresser et à m'éloigner du mur. Je ne vais pas me laisser aller dans cette direction. C'est seulement que j'ai faim, soif, et que je suis épuisée. Une fois que j'aurai réglé ces problèmes, tout ira bien.

Il le faut.

* * *

Avant d'essayer de trouver un taxi, j'entre dans un petit café à côté de la station de métro et je vais aux toilettes. Je prends aussi un thé et j'engloutis trois pirojki à la viande, des petits pâtés salés. Puis, ayant retrouvé un semblant d'apparence humaine, je ressors pour voir si je peux trouver un taxi.

Autour de la station de métro, c'est un véritable cauchemar. La circulation est complètement au point mort et tous les taxis semblent déjà pris. On pouvait s'y attendre étant donné ce qui s'est passé dans le métro, mais c'est quand même très agaçant.

Je commence à marcher d'un pas rapide dans l'espoir d'atteindre à pied un endroit plus calme. Il serait inutile d'être en voiture pour faire quelques centaines de mètres en deux heures. Maintenant que l'avion a été abattu, je dois rejoindre mes responsables le plus vite possible.

L'avion. Je retiens mon souffle, les images atroces m'envahissent de nouveau l'esprit. Je ne sais pas pourquoi je ne peux cesser d'y penser. J'ai passé moins de vingt-quatre heures avec Lucas et pendant presque tout ce temps il m'a fait peur.

Et le reste du temps, il m'a fait hurler de plaisir entre ses bras, me rappelle une petite voix.

Non, arrête !

J'accélère le pas en zigzaguant entre les piétons moins rapides. *Ne pense pas à lui, ne pense pas à lui…* Je laisse ces mots retentir dans mon esprit et rythmer ma marche. Tu vas rentrer chez toi, près de Misha… J'accélère encore, je suis sur le point de courir maintenant. Non seulement ça me permet d'arriver plus vite à destination, mais ça me réchauffe. *Ne pense pas à lui, tu vas rentrer chez toi…*

Je ne sais combien de temps j'ai marché ainsi, mais quand les réverbères s'allument je me rends compte qu'il fait déjà nuit. En regardant mon téléphone, je vois qu'il est déjà six heures du soir.

Je marche déjà depuis deux heures et la circulation est toujours aussi congestionnée.

Je m'arrête et je regarde autour de moi avec agacement. Je suis restée dans les grandes artères pour améliorer mes chances de trouver un taxi, mais visiblement ce n'était pas une bonne idée. Je devrais peut-être m'éloigner des zones où il y a le plus de circulation et tenter ma chance dans de plus petites rues. Si j'y trouve une voiture, le chauffeur pourra me faire sortir de la ville par des chemins détournés. Je le paierai le supplément qu'il voudra.

Au coin d'une des rues, je vois un parc à quelques centaines de mètres. Je décide de le traverser en diagonale et de rejoindre une avenue moins large de l'autre côté. Je vais quand même dans la bonne direction, mais je ne serai plus dans les quartiers les plus animés. J'y trouverai peut-être un bus s'il n'y a pas de taxi.

Il doit bien y avoir d'arriver à destination dans les prochaines heures.

Le téléphone vibre dans mon sac et je l'en extrais.

— Oui ?

— Où êtes-vous ? Obenko a l'air aussi agacé que moi. Le chef commence à s'inquiéter. Il veut avoir traversé la frontière quand le Kremlin saura ce qui s'est passé.

— Je suis toujours en ville, à pied pour le moment. La circulation est catastrophique. En entrant dans le parc, la neige crisse sous mes pieds. On n'a pas pris la peine de l'enlever et les allées sont recouvertes d'une épaisse couche glacée.

— Putain !

— Ouais. J'essaie de ne pas glisser sur la glace en marchant sur des crottes de chien. Je fais de mon mieux pour y arriver ce soir, je vous l'assure.

— Entendu, Yulia… Obenko s'interrompt une seconde. Vous savez que si vous n'y arrivez que demain matin on sera forcé de retirer l'équipe ? Il parle à voix basse, presque comme pour me faire des excuses.

— Je sais. Je garde une voix ferme. J'y serai à temps.

— Bon. Faites-en sorte de réussir.

Il raccroche et je redouble le pas, une anxiété croissante me fait marcher encore plus vite. Si l'équipe s'en va sans moi et que je suis prise, c'en est fini pour moi. Le Kremlin n'a pas la réputation d'être tendre avec les espions et le fait que notre agence soit clandestine rend les choses dix fois pires.

Le gouvernement ukrainien ne négociera pas pour me récupérer parce qu'il ignore mon existence.

Je suis presque sortie du parc quand j'entends un rire d'homme saoul et des bruits de pas dans la neige.

Je jette un coup d'œil derrière moi et je vois un petit groupe d'hommes à une centaine de mètres, ils tiennent des bouteilles dans leurs mains gantées. Ils titubent tout le long de l'allée, mais il n'y a pas de doute, c'est sur moi qu'ils fixent leur attention.

— Hé, Mademoiselle, crie l'ivrogne d'un ton au-dessus cette fois. Vous n'êtes pas polie, vous savez ?

Ses amis rient comme un troupeau de hyènes et l'ivrogne crie de nouveau :

— Va te faire foutre, sale pute ! Si tu veux t'amuser avec nous, t'as qu'à le dire, bordel !

Je fais comme si je ne les entendais pas et je poursuis mon chemin tout en glissant la main dans mon sac où se trouve mon revolver au cas où. En quittant le parc et en retrouvant la rue, le bruit de leurs voix s'évanouit et je m'aperçois qu'ils ont cessé de me suivre.

Je retire la main de mon sac avec soulagement et je ralentis un peu le pas en remontant la rue. J'ai mal aux jambes et je sens qu'une ampoule se forme sur mon talon. Mes bottes sans talon sont beaucoup plus confortables que si elles en avaient un, mais elles ne sont pas faites pour marcher trois heures de suite à cette vitesse.

Maintenant, je suis dans un quartier plus résidentiel, ce qui est à la fois bon signe et mauvais signe. La circulation y est plus fluide, il n'y a que quelques voitures dans les rues, mais les rues sont moins bien éclairées et elles sont presque désertes. De nouveau, j'entends des rires d'hommes et je m'oblige à accélérer le pas bien que mes muscles fatigués commencent à me faire souffrir.

Après cinq pâtés de maisons, j'en vois un : un taxi arrêté le long du trottoir à une cinquantaine de mètres. Un petit homme mince en sort. Avec soulagement je lui crie :

— Arrêtez ! Et je me précipite vers la voiture juste au moment où il va en fermer la portière.

Je suis presque à sa hauteur quand du coin de l'œil je vois des phares et j'entends un grondement de moteur.

Réagissant au quart de tour je me jette de côté et je m'aplatis au sol tandis que la voiture me dépasse en trombe. En roulant sur l'asphalte glacé, j'entends klaxonner le chauffeur pris de boisson puis quelque chose de dur me frappe sur la tempe.

Avant de perdre connaissance, je me dis que j'aurais bien dû tirer sur ces ivrognes.

CHAPITRE NEUF

❖ LUCAS ❖

Des voix. Des bips dans le lointain. Encore des voix.

Les sons apparaissent et disparaissent, ainsi que le bourdonnement dans mes oreilles. J'ai la tête lourde et congestionnée, la douleur la cerne comme une couronne d'épines.

Vivant. Je suis vivant.

J'en prends conscience en lentes étapes. Une prise de conscience qui s'accompagne d'une douleur sourde au crâne et d'une brusque nausée.

Où suis-je ? Que s'est-il passé ?

Je tends l'oreille pour entendre les voix.

Ce sont deux femmes et un homme à en juger par la différence de tessiture. Ils parlent dans une langue étrangère que je ne reconnais pas.

Ma nausée s'aggrave ainsi que mon mal de tête. J'ai besoin de toutes mes forces pour entrouvrir les paupières.

Au-dessus de moi clignote une lampe fluorescente dont la lumière me fait trop mal, elle m'est insupportable si bien que je referme les yeux.

Une voix de femme pousse une exclamation et j'entends des pas rapides.

Une main me touche le visage, des doigts inconnus se posent sur mes paupières. Des lignes brillantes se dardent de nouveau sur mes yeux et je me raidis en serrant les poings tant je souffre de nouveau. Instinctivement, je suis prêt à me battre, je veux donner des coups à la personne qui me touche, mais quelque chose m'immobilise les bras.

— Doucement ! C'est une voix d'homme en anglais, mais avec un fort accent étranger. L'infirmière veut seulement vous examiner.

La main se retire de mon visage et je m'oblige à garder les yeux ouverts malgré mon mal de crâne. Tout est flou, mais après avoir cligné plusieurs fois des yeux je parviens à distinguer celui qui est debout à côté de mon lit.

En uniforme d'officier, il semble avoir une cinquantaine d'années et il a un visage fin et anguleux. S'apercevant que je le regarde il dit :

— Je suis le colonel Sharipov. Pourriez-vous me dire votre nom, je vous prie ?

— Où suis-je ? Que s'est-il passé ? je demande d'une voix rauque en essayant une fois de plus de bouger les bras. C'est impossible et je comprends que je suis immobilisé et menotté au lit. Quand j'essaie de bouger les jambes, je peux bouger la droite, mais pas la gauche. Quelque chose de volumineux et de lourd la maintient en place et tirer de lui me fait grimacer de douleur.

— Vous êtes à l'hôpital de Tachkent dit Sharipov en répondant à la première de mes questions. Vous avez une jambe cassée et une grave commotion cérébrale. Je vous conseillerai de ne pas bouger.

Tachkent. Ce qui signifie que je suis en Ouzbékistan, un pays frontalier avec notre destination, le Tadjikistan. En le réalisant, une partie du brouillard que j'ai dans le cerveau se dissipe et je me souviens de ce qui s'est passé.

Les hurlements. L'odeur de fumée.

Le crash.

Putain !

— Où sont les autres ? Fou de rage, je tire sur mes menottes. Esguerra et tous les autres ?

— Je vais vous le dire dans un instant, dit Sharipov. Mais d'abord, il faut me dire votre nom.

Mon affreux mal de tête m'empêche de réfléchir.

— Lucas Kent, je grommèle, car il est inutile de mentir. Il n'a pas eu l'air surpris quand j'ai parlé d'Esguerra, ce qui veut dire qu'il a déjà une idée de notre identité. Je suis le second d'Esguerra.

Sharipov m'examine.

— Je vois. Dans ce cas, M. Kent, vous serez heureux de savoir que Julian Esguerra est vivant et qu'il est également dans cet hôpital. Il a un bras cassé, des côtes fêlées et une blessure à la tête, mais rien de grave. Nous attendons qu'il reprenne connaissance.

J'ai l'impression que ma tête va exploser, mais je ressens un peu de soulagement. Mon patron est un tueur sans vergogne, on pourrait même dire que c'est un psychopathe, mais j'ai appris à le connaître avec le temps et je le respecte. Ce serait dommage qu'il soit tué par un missile perdu. Ce qui me fait penser à autre chose.

— Que s'est-il passé, bordel ? Pourquoi suis-je menotté ?

Le colonel me regarde attentivement.

— Vous êtes menotté pour votre propre sécurité et celle des infirmières. Étant données vos activités nous n'avons pas voulu mettre le personnel en danger. Vous êtes dans un hôpital civil et…

— Oh pour l'amour du ciel ! Je serre les dents. Je vous promets de ne pas faire de mal aux infirmières, d'accord ? Enlevez-moi ces foutues menottes. Immédiatement.

Nous nous défions du regard pendant quelques instants. Puis Sharipov fait un brusque mouvement de tête et dit quelque chose à l'une des infirmières dans une langue que je ne comprends pas. Une brune vient vers moi et m'enlève les menottes tout en ne cessant de me regarder d'un air méfiant. Je l'ignore en continuant de me concentrer sur Sharipov.

— Que s'est-il passé ? je demande à nouveau sur un ton plus calme, en rapprochant mes deux mains l'une de l'autre pour me frotter les poignets tandis que l'infirmière s'éloigne rapidement au fond de la pièce. À chaque mouvement que je fais, mon mal de tête empire, mais je poursuis mes questions. Qui a abattu l'avion et qu'est-il arrivé aux autres ?

— La cause exacte de l'accident j'en air peur fait actuellement l'objet d'une enquête, dit Sharipov. Il semble vaguement gêné. Il est possible qu'il y ait eu une… erreur de communication.

— Une erreur de communication ? Je le scrute d'un air incrédule. Vous nous avez tirés dessus ? Vous savez qu'on nous avait garanti la sécurité de notre survol de la région, non ?

— Bien sûr. Il semble encore plus gêné maintenant. C'est la raison pour laquelle nous menons une enquête. Il est possible qu'une erreur ait été commise…

— Une erreur ? *Les hurlements, la fumée…* Une putain d'erreur ? J'ai l'impression qu'un tambour bat à se rompre dans ma boîte crânienne. Où sont les autres, bordel ?

Sharipov a bronché presque imperceptiblement.

— J'ai bien peur qu'à part Esguerra et vous-même il n'y ait que trois survivants. Ils sont encore inconscients. Nous espérons que vous pourrez nous aider à les identifier. Il met la main dans la poche de son uniforme, en sort son téléphone et me montre l'écran. Voici le premier.

Mes boyaux se tordent. Je connais l'homme qui est sur cette photo.

C'est John « le Marchand de Sable » Sanders, un ancien soldat de l'armée britannique. Il s'y connaît en armes blanches et en grenades. Je m'entraînais avec lui, je jouais au billard avec lui. Il était de bonne compagnie, même quand il était complètement rond.

Mais il risque d'avoir changé maintenant que la moitié de son visage est carbonisée.

— L'appareil a explosé, dit Shapirov, sans doute en voyant ma réaction. Il est brûlé au troisième degré sur tout le corps. Il aura besoin de multiples greffes de peau, si jamais il survit. Connaissez-vous son nom ?

— John Sanders, dis-je d'une voix rauque en tendant la main vers le téléphone. Mon corps proteste à ce mouvement, une douleur qui me donne la nausée me revient vers les tempes, mais il faut que je voie les autres. En rapprochant le téléphone, je clique sur la photo suivante.

Le visage est à peine reconnaissable, à part la cicatrice au coin de l'œil gauche. C'est une recrue récente, j'avais remis en cause le fait de l'emmener dans cette mission.

— Jorge Suarez, lui fais-je d'une voix neutre avant de passer à la photo suivante.

Cette fois-ci, je ne peux même pas tenter de deviner qui c'est. Je ne vois que des chairs brûlées.

— Il est encore vivant ? Je relève les yeux vers Sharipov. Je sens mon estomac se nouer encore davantage, et je sais que c'est seulement en partie à cause de ma commotion cérébrale.

Le colonel hoche la tête.

— Il est dans un état grave, mais il pourrait s'en sortir. Si vous regardez la photo suivante, elle montre le bas de son corps. Il n'est pas brûlé aussi gravement.

En luttant contre l'envie de vomir, je fais ce qu'il me dit et j'examine des jambes velues ouvertes de lambeaux du pantalon de protection. L'explosion a dû le traverser ; c'est un tissu qui est conçu pour résister à une courte exposition aux flammes, pas à l'explosion d'un avion. Il est difficile de dire de qui il s'agit rien qu'en voyant ses jambes. À moins que… En plissant les yeux, je regarde la photo de plus près et là je la vois.

Un oiseau tatoué derrière un lambeau du pantalon de combat.

— Gérard Montreau, je réponds avec certitude. Ce jeune français est le seul de notre équipe à avoir ce tatouage.

En posant le téléphone sur ma poitrine, je lève les yeux vers Shapirov.

— Pourquoi ne suis-je pas brûlé aussi ? Comment ai-je échappé à l'explosion ? Et Esguerra ? Est-ce qu'il est…

— Non, ça va, me rassure Shapirov. En tout cas, il n'est pas brûlé. Vous étiez tous les deux dans la cabine de pilotage qui a été séparée du reste de l'avion pendant le crash. L'arrière de l'appareil a explosé, mais l'incendie n'est pas parvenu jusqu'à vous.

Mon mal de tête devient insupportable et je ferme les yeux pour essayer d'assimiler tout ce qu'il vient de me dire.

Cinq survivants sur cinquante. Voilà tout ce qu'il reste de notre équipe. Les autres sont morts. Brûlés ou déchiquetés par l'explosion. J'imagine leur terreur quand le feu s'est engouffré dans l'avion. Il est miraculeux qu'il y ait le moindre survivant, même si les trois hommes qui sont sur ces photos ne sont pas de cet avis.

Une erreur. Quelle putain de connerie !

Je vais savoir de quoi il en retourne, mais je dois d'abord faire mon travail.

En m'obligeant de nouveau à ouvrir les paupières, je cligne des yeux pour regarder Shapirov qui tend prudemment la main vers le téléphone que je ne lui ai pas encore rendu. Putain, qu'est-ce qu'il s'imagine ? Que je vais l'étrangler alors que je suis blessé et couché sur un lit d'hôpital ?

Non, sauf si j'apprends qu'il est responsable de cette « erreur ».

— J'ai besoin de faire venir des gardes du corps pour Esguerra, fais-je tout en serrant plus fort le téléphone dans la main. Il n'est pas en sécurité ici.

Le colonel fronce les sourcils à mon intention.

— Que voulez-vous dire ? Cet hôpital est parfaitement sûr…

— Il a de nombreux ennemis, y compris al-Quadar, le groupe terroriste, dont le quartier général, est juste de l'autre côté de vos frontières. Vous devez assurer sa protection, et vous devez le faire immédiatement.

Shapirov continue de sembler sceptique, si bien que j'ajoute :

— Vos alliés du Kremlin ne seront pas contents s'il est tué ou s'il est enlevé alors qu'il est sous votre garde. Surtout après cette regrettable « erreur ».

Shapirov serre les dents, mais après un instant, il déclare :

— D'accord. Je vais faire venir quelques soldats. Ils feront en sorte que personne ne s'approche sans une autorisation.

— Bon. Mais il en faut beaucoup, ça serait bien qu'il y en ait une quarantaine ou une cinquantaine. Ces terroristes tiennent à l'avoir. Ma tête me fait souffrir le martyre et ma jambe plâtrée commence à me faire mal comme seule peut le faire une jambe cassée. Par ailleurs, il faut que vous me mettiez en contact avec Peter Sokolov…

— Nous lui avons déjà parlé. Il sait où vous êtes, et il envoie un avion pour venir vous chercher, vous et les autres. Et maintenant, je vous prie, rendez-moi ce téléphone, M. Kent.

J'ouvre la bouche, j'allais insister pour parler en personne à Peter, mais avant d'avoir le temps de dire quoi que ce soit je sens une vive piqûre au bras. Immédiatement, une profonde lassitude m'envahit et atténue ma douleur. Du coin de l'œil je vois reculer une infirmière avec une seringue à la main.

— Qu'est-ce qui se… mais c'est déjà trop tard.

Je plonge dans le noir et ne me rends plus compte de rien.

CHAPITRE DIX

❖ YULIA ❖

— Je vous l'ai déjà dit, ça va.

Sans tenir compte des piaillements de protestation de l'infirmière, j'enlève l'intraveineuse de mon poignet et je me lève. La tête me tourne et me fait mal, mais je dois partir. Si j'en juge par la lumière du soleil qui passe par la fenêtre de l'hôpital, c'est déjà le matin ou même encore plus tard. Vraisemblablement, l'équipe d'exfiltration est déjà partie, mais si jamais ce n'était pas le cas je dois immédiatement contacter Obenko.

— Où est mon sac ? Je pose la question à l'infirmière en examinant la pièce et en paniquant. J'ai besoin de mon sac.

— Ce dont vous avez besoin, c'est de vous allonger. L'infirmière rousse s'avance devant moi et croise les bras sur sa volumineuse poitrine. Vous avez une bosse grosse comme un œuf après vous être cognée contre ce poteau et vous avez perdu connaissance depuis votre admission hier soir. Le docteur dit qu'il faut vous garder en observation pendant les vingt-quatre prochaines heures.

Je la regarde avec colère. J'ai l'impression que ma tête va exploser, mais rester ici revient à signer mon arrêt de mort.

— Où est mon sac ? Je suis obligée de me rendre à l'évidence, je ne porte qu'une chemise d'hôpital, mais je me soucierai plus tard de mes vêtements et de cet épouvantable mal de tête.

L'infirmière roule des yeux.

— Oh, pour l'amour de Dieu, si je vous donne votre sac, allez-vous vous recoucher et vous tenir tranquille ?

— Oui. C'est un mensonge et je la regarde aller vers le placard qui se trouve au fond de la pièce. Elle l'ouvre, y prend mon sac Gucci et revient vers moi.

— Le voilà. Elle me met le sac entre mes mains. Et maintenant, recouchez-vous avant de tomber.

Je lui obéis, mais seulement parce que j'ai besoin de garder des forces pour le voyage qui m'attend. Je n'ai repris connaissance que depuis moins de dix minutes et me tenir debout me demande un tel effort que j'en vacille. Je devrais sans doute rester à l'hôpital sous observation, mais je n'en ai pas le temps.

Je dois quitter Moscou avant qu'il ne soit trop tard.

L'infirmière commence à changer les draps du lit vide qui se trouve à côté du mien et je sors mon téléphone pour appeler Obenko.

Il sonne, sonne, et continue à sonner.

Merde ! Il ne décroche pas.

J'essaie à nouveau. Allez, vas-y, décroche !

Rien. Pas de réponse.

Je commence à perdre espoir, mais je compose son numéro pour la troisième fois.

— Yulia ?

Dieu soit loué !

— Oui, c'est moi. Je suis à l'hôpital à Moscou. J'ai failli être renversée par une voiture, c'est trop long pour vous raconter en détail. Mais je m'en vais tout de suite et…

— C'est trop tard, Yulia. Obenko parle à voix basse. Le Kremlin sait ce qui est arrivé et les hommes de Buschekov sont à votre recherche.

Un froid glacé m'envahit.

— Déjà ?

— L'un des hommes d'Esguerra a des relations haut placées à Moscou. Il les a mobilisées dès qu'il a appris pour le missile.

— Merde !

L'infirmière me jette un regard noir tout en empilant les draps sur le lit vide.

— Je suis navré, dit Obenko, et je sais qu'il est sincère. Le chef a déjà dû rappeler ses hommes. Aucun de nous n'est plus en sécurité en Russie désormais.

— Évidemment, dis-je machinalement. Il a bien fait.

— Bonne chance, Yulia, et j'entends un clic quand il raccroche.

Je suis livrée à moi-même.

* * *

J'attends que l'infirmière parte avec sa pile de draps puis je me relève sans être dérangée cette fois.

La panique qui tourbillonne autour de moi est plus puissante que n'importe quel analgésique. Je me rends à peine compte de mon mal de tête en allant vers le placard où se trouvait mon sac à main et en y jetant un coup d'œil.

Comme je l'espérais, mes vêtements s'y trouvent aussi soigneusement pliés. Je jette un autre coup d'œil à la porte d'entrée pour m'assurer qu'elle est bien fermée, puis j'enlève ma chemise d'hôpital et je me rhabille. Ce faisant, je m'aperçois qu'en plus de ma bosse à la tête j'ai des bleus tout le long du côté droit et des égratignures partout.

Cet imbécile d'ivrogne ! J'ai tellement eu tort de ne pas l'abattre comme je l'aurais pu, ainsi que ses copains qui riaient comme des hyènes.

Non ! Je respire profondément pour me calmer. Il est inutile de me mettre en colère maintenant. Je ne peux me permettre de me détourner de mon but. J'ai encore une petite chance de pouvoir quitter la Russie. Il ne faut pas perdre espoir.

En tout cas pas encore.

Je remonte mes cheveux en chignon afin que mes longues boucles blondes se fassent moins remarquer et en même temps je vérifie rapidement le contenu de mon sac. Tout y est, sauf l'argent de mon portefeuille et mon revolver. Mais il fallait s'y attendre. J'ai de la chance que mon sac lui-même n'ait pas été volé quand j'ai perdu connaissance. Dans la doublure, j'y ai cousu de l'argent en cas de besoin et les voleurs ne l'ont pas trouvé puisqu'ils n'ont rien déchiré.

En serrant mon sac contre moi, je vais vers la porte et je sors dans le couloir. L'infirmière n'y est pas et personne ne me remarque quand je m'approche de l'ascenseur. En fait, un vieil homme en fauteuil roulant me dévisage avec admiration, mais son regard n'est pas soupçonneux. Il se contente de me regarder et de retrouver sa jeunesse.

Les portes de l'ascenseur s'ouvrent avec une petite sonnerie et quand j'y entre, mon cœur bat bien trop vite. Ma fuite a beau avoir été facile, j'ai encore la chair de poule, tout mon instinct m'avertit des dangers.

Ma chambre était au septième étage du bâtiment et la descente est si lente que c'est une véritable torture. L'ascenseur s'arrête à chaque étage, des patients et des infirmières entrent et sortent. J'aurais pu prendre l'escalier, mais je me serais fait remarquer inutilement. Personne n'y va quand on peut faire autrement.

Finalement, l'ascenseur arrive au rez-de-chaussée. J'en sors, entourée de plusieurs autres personnes, et c'est là que je les vois.

Trois policiers entrent dans l'ascenseur d'en face dans le hall.

Merde ! Je baisse la tête et je relève les épaules pour me rapetisser. *Ne les fixe pas. Ne les fixe pas.* Je garde les yeux au sol et je reste à côté d'un grand homme costaud qui est sorti de l'ascenseur d'un pas lourd juste devant moi. Il marche lentement et moi aussi, je fais de mon mieux pour donner l'air d'être avec lui.

On recherche une femme seule, pas un couple.

Heureusement, mon compagnon involontaire se dirige vers la sortie et comme il y a assez de monde autour de nous, il ne me remarque pas vraiment. Sa silhouette massive me dissimule en partie et j'en tire parti autant que possible en restant courbée.

Marchez plus vite. Allez, marchez plus vite ! j'implore cet homme en silence. Chaque muscle de mon corps se contracte dans le désir de me mettre à courir, mais ça détruirait toute chance de quitter l'hôpital sans me faire remarquer. Et pourtant je sais que je n'ai que quelques minutes pour partir. Dès que les policiers s'apercevront que je ne suis plus au septième étage, ils placeront l'établissement tout entier en état d'alerte.

L'homme et moi arrivons enfin à la sortie et je vois un taxi s'arrêter le long du trottoir.

Oui ! J'ai droit à un peu de chance !

Laissant l'homme sans lui adresser un regard je me précipite vers le taxi et j'y entre tandis qu'une femme en sort.

— La station Lubyanka, s'il vous plaît, ai-je dit au chauffeur en refermant la portière, au cas où cette femme ait dressé l'oreille. De cette manière, si on l'interroge par la suite elle donnera cette destination-là et j'espère que mes traces seront un peu brouillées.

Le chauffeur hoche la tête et démarre. Dès que nous roulons, je lui dis :

— Oh, j'allais oublier… Je dois aller chercher quelque chose à l'hôtel Azimut Olympic de Moscou. Pourriez-vous m'y déposer à la place ?

Il hausse les épaules.

— Bien sûr, pas de problème. Du moment que vous payez, je vous emmène où vous voulez.

— Merci. Je m'adosse au siège. Je suis trop anxieuse pour me détendre complètement, mais mon extrême tension commence à se dissiper. Pour le moment, je suis en sécurité. J'ai gagné un peu de temps. Il y a une agence de location de voitures près de cet hôtel. Une fois là-bas j'en louerai une sous un nom d'emprunt. Les aéroports, les gares et les transports publics seront surveillés, mais j'ai une petite chance de parvenir à la frontière ukrainienne par de petites routes.

Le chauffeur semble s'éterniser. La circulation est congestionnée, mais pas autant qu'hier. Mais le chauffeur freine et accélère sans cesse et l'effet calmant de l'adrénaline s'atténue si bien que mon mal de tête redouble ainsi que la douleur provoquée par mes bleus et par mes égratignures. En plus, mon ventre crie famine et j'ai la bouche sèche.

C'est normal, je n'ai rien mangé ni bu depuis hier après-midi.

Pour me distraire de mes malheurs, je pense à Misha tel qu'il était dans la dernière photo qu'Obenko m'a envoyée. Mon petit frère tient une jolie jeune fille brune dans ses bras, c'est sa petite amie du moment selon Obenko. La jeune fille sourit en levant les yeux vers Misha avec une adoration proche de l'adulation et il a l'air aussi fier que puisse l'être un jeune homme.

Pour toi Misha. Je ferme les yeux pour garder cette image dans ma mémoire. *Tu en vaux la peine.*

— Eh bien, ça roule mal, marmonne le chauffeur et je rouvre les yeux pour voir les voitures complètement à l'arrêt autour de nous. Je me demande s'il y a eu un accident ou quelque chose de ce genre. Il descend la vitre, sort la tête et regarde au loin.

— C'est un accident ? Je pose la question avec résignation. Le destin a l'air de tout faire pour m'empêcher de quitter Moscou. Non seulement l'hiver russe est assez brutal pour décimer les armées ennemies, maintenant la circulation immobilise les espions.

— Non, dit le chauffeur en rentrant la tête. Pas l'impression. Je vois bien des voitures de police, mais pas d'ambulance. Il y a peut-être un barrage, à moins qu'on n'ait arrêté quelqu'un...

Je sors du taxi avant qu'il n'ait fini sa phrase.

— Et alors... hurle-t-il, mais je me suis déjà mise à courir en me faufilant parmi les véhicules à l'arrêt. Tous mes maux de tout à l'heure ont disparu, la brusque arrivée de la peur les a chassés.

Un barrage de police. On a réussi à repérer l'endroit où je me trouve, à moins qu'on ait bloqué les artères principales dans l'espoir de me coincer. Dans un cas comme dans l'autre, je suis fichue si je n'arrive pas à quitter la ville.

Mon cœur bat à se rompre tandis que je fonce en courant vers une petite ruelle que j'ai repérée tout à l'heure. On aura du mal à m'y suivre en voiture et avec un peu de chance je pourrais les semer assez longtemps pour trouver un autre taxi.

Je ferais n'importe quoi pour gagner encore du temps.

Mais j'entends crier derrière moi, il y a des bruits de pas.

— Stop ! crie un homme. Arrêtez-vous vous immédiatement ! Vous êtes en état d'arrestation.

Sans tenir compte de cet ordre, j'accélère encore ma foulée. L'air froid me brûle les poumons, je pousse les muscles de mes jambes jusqu'à leur extrême limite. La ruelle se profile devant moi, elle est étroite et sombre et je m'oblige à continuer à courir au même rythme, à continuer sans même jeter un coup d'œil derrière moi.

— Arrêtez-vous ou je tire ! La voix semble plus lointaine, ce qui me donne un peu d'espoir. Je vais peut-être réussir à le semer. J'ai toujours couru vite grâce à mes longues jambes qui me donnent l'avantage sur ceux qui sont plus petits que moi.

J'entends un coup de feu, la balle siffle tout près de moi et frappe l'immeuble d'en face.

Merde. Il tire *vraiment.* J'ignore pourquoi ça m'étonne. La police de Moscou n'a pas vraiment la réputation d'être aux petits soins pour ceux qu'elle est censée protéger. Elle est aux mains d'un gouvernement corrompu, voilà tout. Je ne devrais pas être surprise qu'elle risque la vie de citoyens pour mettre la main sur moi.

Encore un coup de feu et la neige jaillit du sol à quelques mètres de moi. J'entends des cris de terreur et je vois des gens se mettre à l'abri sur les côtés.

Sans tenir compte du vacarme, je cours à toute vitesse dans la ruelle. Il y a deux grosses bennes à ordures, juste devant moi et derrière elles une échelle de secours le long d'un immeuble.

Un troisième coup et la balle fait un ricochet sur la benne, me manquant de peu. Ce flic, ou celui qui me poursuit, quelle que soit son identité, est un bon tireur.

Je suis presque arrivée en bas de l'échelle et je saute aussi haut que possible pour essayer d'empoigner le premier barreau. Puis grâce à mon élan, je jette les jambes en l'air et j'attrape la barre de métal. En y coinçant les genoux, je mets toutes mes forces pour me hisser jusqu'à la barre suivante que j'attrape de la main gauche. J'y réussis et je m'assieds avant de continuer à monter.

Encore un coup de feu, et devant moi un pan de mur explose, il y a des éclats de brique partout.

Merde, merde, merde ! Je gravis l'échelle aussi vite que possible sans glisser sur les barreaux glacés. En contrebas, on crie et on pousse des jurons et je sens vaciller l'échelle, quelqu'un monte derrière moi.

J'imagine qu'on veut me prendre vivante.

Je ne regarde pas en bas et je continue ma périlleuse ascension. J'ai toujours eu le vertige si bien que je fais comme si j'étais à l'entraînement et qu'il y ait un gros tapis bien rembourré en dessous. Même si je tombe, tout ira bien. Bien sûr, c'est complètement faux, mais ça m'aide à continuer bien que mon cœur bat la chamade.

En un clin d'œil, je suis sur le toit, je bondis de l'échelle sur un terre-plein. L'immeuble sur lequel je me trouve est carré, il a une grande cour centrale, il occupe tout un pâté de maisons, c'est typique des bâtiments de l'ère soviétique. Je m'arrête juste assez longtemps pour repérer une autre échelle à l'autre bout de la cour et je m'y dirige.

— Stop ! hurle de nouveau quelqu'un, et je m'aperçois avec terreur qu'ils sont déjà en haut et qu'ils me talonnent de près. Incapable de résister, je lance un regard paniqué derrière moi et je vois deux hommes lancés à ma poursuite. Ils sont en uniforme de policiers et l'un des deux a un revolver. Ils sont tous les deux grands, ils semblent rapides et forts. Je ne pourrai pas les distancer longtemps.

En changeant de stratégie, j'accélère encore et je mets à profit mes deux secondes d'avance pour me cacher derrière une cheminée de béton. Je m'y adosse en tentant de reprendre mon souffle et en essayant désespérément de ne pas faire de bruit en respirant.

Trois secondes plus tard, j'entends un bruit de pas.

Il est temps de passer à l'attaque.

Quand le premier flic me passe devant, je tends le pied. Il tombe en poussant un gros juron et j'entends glisser son revolver sur le toit glacé.

Le tireur est au sol et il est désarmé.

Avant que son collègue n'ait le temps de réagir, je bondis devant lui, le poing droit tendu. Il se penche instinctivement à gauche quand je le frappe et j'utilise son élan pour l'atteindre du poing gauche.

Je le frappe au menton et il vacille en reculant et en grommelant. Sans plus attendre, je me précipite sur le revolver et je vois l'autre policier en faire autant.

Nous nous heurtons, nous roulons sur le sol glacé, et pendant un instant j'effleure son arme.

Oui ! Je m'en saisis et tandis que le flic tente de me maintenir au sol j'appuie sur la gâchette.

Il se met à hurler et met sa main à l'épaule et je le repousse, l'adrénaline me donne une force presque inhumaine. Je me suis déjà mise à genou quand l'autre flic se jette sur moi et me tord brutalement le poignet.

— Jette ton arme, sale pute ! siffle-t-il, et au même moment, j'entends d'autres pas.

— Tu l'as attrapée, Sergey ? hurle l'un des hommes, et je vois alors cinq autres policiers qui me visent de leur arme.

Il est inutile de continuer à me battre, je relâche mon emprise sur le revolver. Il tombe sur le toit avec un bruit sourd et Sergey me fait faire volte-face pour me mettre les menottes dans le dos.

Je suis prise.

Et *maintenant*, tout espoir est bien perdu.

CHAPITRE ONZE

❖ LUCAS ❖

— Qu'est-ce qu'ils ont fait ? sifflai-je à voix basse en m'asseyant sans tenir compte des gestes de la main de l'infirmière, qui essaye de m'obliger à me recoucher et à me tenir tranquille. La rage qui me dévore a chassé tout le reste de l'engourdissement provoqué par la piqûre qu'elle m'a faite tout à l'heure. J'ignore combien de temps j'ai dormi, mais visiblement ça a duré beaucoup trop longtemps, bordel !

— Les terroristes ont attaqué l'hôpital il y a quelques heures, répète Shapirov. Son visage est tendu et fatigué. Apparemment, nous avons sous-estimé leurs forces et leur désir d'atteindre votre patron. Comme nous n'avons pas retrouvé son corps parmi les morts, nous supposons qu'ils l'ont enlevé.

— Ils ont enlevé Esguerra ? J'ai toutes les peines du monde à ne pas bondir pour étrangler le colonel, je viens de m'apercevoir que j'ai toujours les mains libres. Putain, vous les avez laissé faire ? Je vous avais dit de le protéger…

— Et nous l'avons fait. Nous avions placé plusieurs de nos meilleurs hommes autour de sa chambre…

— Plusieurs ? Il en fallait plusieurs douzaines, bande d'imbéciles !

En m'entendant hurler, l'infirmière accuse le coup et s'écarte d'un bond. Elle est maligne. Je l'aurais étranglée avec plaisir, elle aussi.

Sharipov serre les dents.

— Comme je viens de vous le dire, nous avons sous-estimé ce groupe de terroristes. C'est une erreur qui ne se reproduira pas. Il y a eu un bain de sang. Dans leur fuite, ils ont blessé des douzaines de patients et de personnel et tué tous les soldats qui montaient la garde.

— Putain ! Je donne un coup de poing au matelas tellement fort que l'oreiller rebondit. Vous avez pu les poursuivre au moins ? Majid n'est pas assez bête pour emmener Esguerra au quartier général d'Al-Quadar dans les montagnes du Pamir ; il doit déjà savoir que nous avons repéré où il se trouve.

Sharipov recule avec prudence.

— Non. On a immédiatement prévenu la police et appelé du renfort, mais les terroristes s'étaient enfuis avant qu'il n'atteigne l'hôpital.

— Fils de pute ! Sans le plâtre qui m'immobilise la jambe, je me serais levé pour donner un coup de poing au colonel. Étant donné les circonstances, je dois me contenter de marteler de nouveau le mauvais matelas. La violence de mes mouvements me fait mal à la tête, mais je m'en fous pas mal.

On a enlevé Esguerra pendant que je dormais à la suite de cette piqûre et que je ne me rendais compte de rien.

Je n'ai pas fait mon boulot, c'est un échec cuisant.

— Donnez-moi le téléphone, dis-je quand j'ai retrouvé assez de calme pour pouvoir parler. J'ai besoin de parler à Peter Sokolov.

Sharipov hoche la tête et prend le téléphone dans sa poche.

— Le voici. Il me le donne d'un geste prudent. Nous lui avons déjà parlé, mais vous pouvez le faire si vous le souhaitez.

En luttant contre l'envie d'attraper la main de Sharipov et de lui casser le bras, je prends le téléphone et je fais les numéros pour obtenir une liaison sécurisée qui me fait passer par un certain nombre de relais. Je suis agacé de constater que Peter ne décroche pas.

Sharipov me regarde, je cache donc mon agacement en recommençant. Une fois, deux fois.

— Je reviens dans quelques minutes, dit Sharipov après ma cinquième tentative. Vous pouvez appeler qui vous voulez.

Il s'en va et je fais de nouveau le numéro de Peter, ma colère et mon inquiétude empirent. Le spécialiste de la sécurité d'Esguerra a toujours son téléphone sur lui et j'ignore pourquoi il n'est pas joignable en ce moment. Serait-il possible qu'il y ait eu une attaque contre le domaine d'Esguerra en Colombie ? Cette hypothèse suffit à me rendre fou de rage.

Juste au moment où je vais laisser tomber, j'ai la communication. Cette voix au léger accent russe est sans aucun doute celle de Peter Sokolov.

— C'est Kent.

— Lucas ? Il semble surpris. Tu ne dors pas ?

— Non, putain ! Où es-tu ? Pourquoi ne décrochais-tu pas ?

Il y a une brève pause.

— Je viens juste d'atterrir à Chicago.

— Quoi ? C'est la dernière chose à laquelle je m'attendais.

— C'est la femme d'Esguerra. Elle veut servir d'appât pour Al-Quadar.

— Quoi ? J'ai failli sauter du lit, tant pis pour ce foutu plâtre.

— Ouais, effectivement ! C'est aussi comme ça que j'ai réagi. On s'est aperçu qu'Esguerra qui est malade de jalousie lui avait implanté des localisateurs. S'ils enlèvent sa femme pour faire pression sur Esguerra, nous saurons où ils se trouvent.

— Putain ! C'est un plan génial, mais terriblement dangereux. Si les terroristes trouvent les localisateurs, la jolie petite femme d'Esguerra aura hâte d'en finir. Et si jamais Esguerra en réchappe, il coupera lentement Peter en morceaux pour s'être ainsi servi de la jeune femme. C'est Nora qui en a eu l'idée ?

— Oui. La voix froide du russe n'est pas sans admiration. J'ignore quelle emprise il a sur elle, mais elle est parfaitement déterminée. Au départ, j'étais contre, mais elle a réussi à me convaincre.

Je respire lentement. Je devrais être surpris, après tout Esguerra a kidnappé cette fille, mais je ne le suis pas. Malgré les circonstances dans lesquelles a commencé leur relation, ce qu'il y a désormais entre eux est réciproque. Je suis tenté d'insulter Peter pour ne pas avoir respecté les instructions d'Esguerra, mais ça serait une perte de temps et d'énergie. On ne peut pas aller à l'encontre de ce qu'il a commencé.

— Alors en quoi consiste exactement votre plan ? je demande à la place. Tu vas rester à Chicago pour t'assurer qu'ils mordent à l'hameçon ?

— Non, je pars immédiatement pour le Tadjikistan. L'équipe de secours est déjà en route dans cette direction. Dès que les hommes de Majid l'y emmèneront, nous viendrons la chercher, ainsi qu'Esguerra.

— Tu sais qu'ils risquent de ne pas la conduire au même endroit que lui. Lui montrer une vidéo où on la torture aura exactement le même effet.

— Je sais.

Évidemment. Peter est comme moi, il a l'habitude de parier sur la vie et sur la mort. Je pourrais user ma salive et lui indiquer les risques encourus et ça ne changerait rien. Soit ce plan va marcher soit il va échouer, et je n'y peux rien.

— As-tu compris ce qui s'est passé ? fais-je en changeant de sujet. Sharipov dit qu'il aurait pu y avoir une erreur de leur part.

— Une erreur ? J'entends ricaner Peter au téléphone. Plutôt une faille dans leur sécurité. Un de leurs officiers est à la solde des Ukrainiens depuis des années et ces imbéciles l'ignoraient jusqu'à ce qu'il envoie un missile contre votre avion.

— L'Ukraine ? C'est logique. Maintenant qu'Esguerra est avec les Russes, les Ukrainiens veulent l'éliminer. Mais… comment ont-ils eu vent aussi vite de notre conversation ? Est-ce qu'il y avait des micros dans le restaurant de Moscou ? Est-ce que Bushekov est un agent double ? À moins que…

— C'était l'interprète, dit Peter en confirmant ma dernière hypothèse. Dès que j'ai appris ce qui s'était passé, je l'ai fait arrêter à Moscou.

Un bruit violent m'assourdit brusquement et je m'aperçois que j'ai serré si fort le téléphone que j'ai presque écrasé une des touches.

— Oh putain !

— Pardon, j'ai appuyé sur la mauvaise touche. Je garde une voix calme et ferme bien que le sang bouillonne dans mes veines. L'interprète est une espionne ukrainienne ?

— Apparemment. Nous continuons à fouiller son passé, mais pour le moment au moins la moitié de ce qu'elle nous a raconté semble inventé.

— Je vois. Je me force à ouvrir la main avant de pulvériser le téléphone. Voilà la raison pour laquelle ils ont pu agir avec une telle rapidité.

— Oui. D'une manière ou d'une autre, ils ont deviné exactement à quel moment vous traverseriez l'espace aérien d'Ouzbékistan et ils ont demandé à leur agent sur place de passer à l'action.

Le téléphone émet un nouveau bip de protestation, ma main vient encore de se resserrer involontairement. Je sais exactement comment ils ont su l'heure de notre vol : je l'ai pratiquement donnée à cette garce d'interprète.

— Lucas ?

— Ouais, je suis là. Je ne me souviens pas la dernière fois que j'ai été aussi furieux. Yulia Tzakova, à supposer que ce soit son véritable nom, m'a pris pour un imbécile. Sa réticence initiale, son petit air innocent, tout était faux. Elle avait sans doute d'abord espéré se rapprocher d'Esguerra et ayant échoué avec lui elle s'était contentée de moi.

— Je dois y aller, dit Peter. Je te rappellerai quand nous atterrirons. Repose-toi et soigne-toi. Pour le moment, il n'y a que ça à faire. Je te tiens au courant s'il y a des nouvelles.

Il raccroche et je me force à m'allonger, ma rage folle aggrave mes maux de tête.

Si Yulia Tzakova croise de nouveau mon chemin, elle paiera.

Elle paiera pour tout ce qu'elle a fait.

* * *

Je suis encore dans une colère noire quand Sharipov vient récupérer son téléphone. Quand il s'approche de mon lit, je m'assieds et le regarde d'un œil mauvais.

— Une putain d'erreur, hein ?

Le colonel lève la main et se frotte le haut du nez.

— Nous sommes en train d'interroger l'officier responsable. On ne sait pas clairement si…

— Je veux le voir.

Sharipov semble pris de cours et baisse la main.

— Ce n'est pas possible, dit-il. Cela concerne notre armée.

— Votre armée a fait une énorme connerie. La personne chargée de votre système de défense et des missiles est un traître.

Le colonel ouvre la bouche, mais je devance ses objections.

— Je veux le voir, j'exige une nouvelle fois. Je dois l'interroger moi-même. Sinon nous serons contraints de penser que d'autres personnes dans votre armée ou dans votre gouvernement ont été impliquées dans l'attaque du missile. Je marque une pause. Et peut-être même dans l'attaque terroriste de cet hôpital.

Sharipov ouvre grands les yeux en devinant mes menaces. Ce serait désastreux pour l'Ouzbékistan que l'on découvre un lien entre son gouvernement et une organisation terroriste comme Al-Quadar. Je ne serais pas étonné que le colonel sache que nous sommes liés avec les États-Unis et avec Israël. En m'empêchant d'interroger cet officier félon, le gouvernement de l'Ouzbékistan pourrait se faire un ennemi de la puissante force d'Esguerra et acquérir une réputation internationale de collusion avec le terrorisme.

— Il faut que j'en parle avec mes supérieurs, dit Sharipov une seconde plus tard. Rendez-moi mon téléphone s'il vous plaît.

Je le lui tends et il quitte la pièce en faisant déjà un numéro. J'attends avec confiance le résultat et effectivement il revient quelques minutes plus tard pour m'annoncer :

— Entendu, M. Kent. Nous allons vous amener cet officier dans l'heure qui suit. Vous pourrez lui parler, mais rien de plus. C'est notre armée qui se chargera du reste.

Je lui adresse un regard menaçant. La seule chose dont se chargera l'armée c'est du corps de ce traître, mais il est inutile que Sharipov le sache pour le moment. Je me contente de dire :

— Amenez-le, puis je m'allonge et je ferme les yeux en espérant que d'ici une heure mon affreux mal de tête va se dissiper.

Si je ne peux pas mettre la main sur l'interprète pour le moment, je vais déjà pouvoir réclamer mon dû.

* * *

À l'arrivée du traître, l'infirmière me donne des béquilles et me conduit dans une autre pièce de l'hôpital. Je mets quelques minutes à m'habituer à marcher avec les béquilles, mon foutu mal de tête n'arrange vraiment pas les choses et quand j'y arrive ce type est assis sur un lit encadré du colonel Sharipov et d'un soldat armé d'un M16.

— Voici Anton Karimov, l'officier responsable du regrettable incident concernant votre avion, dit Sharipov tandis que je me dirige tant bien que mal vers eux. Vous pouvez lui poser toutes les questions que vous voulez. Son anglais n'est pas aussi bon que le mien, mais il devrait pouvoir vous comprendre.

L'une des infirmières avance une chaise et je m'y assieds en examinant l'homme qui sut à grosses gouttes devant moi. Karimov a une petite quarantaine d'années, il est plutôt grassouillet, avec une épaisse moustache noire et un front dégarni. Il est encore en uniforme et je vois des traces de sueur sous ses bras.

Il est nerveux. Non pire que ça.

Il est terrifié.

— Par qui êtes-vous payé ? Je demande après le départ des infirmières. Je décide de commencer en douceur, il ne devrait pas être très difficile de le faire parler. Qui vous a donné l'ordre d'abattre notre avion ?

Visiblement, Karimov fait la grimace.

— P-personne. C'est seulement une erreur. Je nettoie le système de contrôle…

Je l'interromps en levant une de mes béquilles et en plaçant l'une de ses extrémités entre ses jambes. J'ai beau avoir appuyé que très légèrement sur ses testicules, il devient pâle comme un linge.

— Qui vous a donné l'ordre d'abattre notre avion ? Je répète la question tout en le regardant. Je vois bien que Sharipov n'approuve pas mes méthodes, mais je ne tiens pas compte de lui. À la place, j'avance encore un peu la béquille pour appuyer plus fort sur l'entrejambe de Karimov.

— P-personne, souffle Karimov en reculant pour se soustraire à la béquille. Je nettoie le…

Je me penche en avant. Il pousse un glapissement aigu quand je lui coince les testicules contre le matelas avec la béquille.

— Arrêtez de mentir, putain ! Qui vous a payé ?

— M. Kent, c'est inacceptable, dit Sharipov en s'interposant entre le prisonnier et moi. Nous vous l'avons dit, c'est seulement un interrogatoire. Si vous n'arrêtez pas…

Avant même qu'il ne finisse sa phrase, je suis déjà debout, je m'appuie sur une béquille tout en menaçant le soldat armé de l'autre. Il n'a pas le temps de lever son M16 que je le frappe au genou. Il tombe en avant ce qui me permet de m'emparer de son arme. Dans la seconde qui suit, je dirige le fusil d'assaut sur Sharipov.

— Sortez, fais-je en désignant la porte du menton. Tous les deux, le soldat et vous. Foutez-moi le camp.

Sharipov recule, il est écarlate.

— Mais qu'est-ce que vous croyez…

— Dehors ! Je lève l'arme pour le viser entre les yeux. Immédiatement.

Sharipov serre les dents, mais il obéit. Le soldat sort derrière lui en boitant non sans me jeter un regard noir par-dessus l'épaule. Je sais bien qu'ils vont revenir avec des renforts, mais il sera trop tard.

Dès que la porte se referme derrière eux, je me retourne vers Karimov.

— Et maintenant, dis-je d'un ton presque aimable en dirigeant mon arme sur le traître. Où en étions-nous ?

Les yeux de l'homme sont fous de peur.

— C'était… c'était une erreur. Je l'ai déjà dit. Personne ne m'a payé. Personne…

J'appuie sur la gâchette et regarde les balles lui déchiqueter le genou. Le bruit des coups de feu et ses hurlements aggravent mon mal de tête, ce qui accroît encore ma rage.

— Je t'ai dit de ne pas me mentir, voici ce que je hurle quand ses propres cris se calment un peu. Alors, qui t'as payé ?

— Je ne… ne sais pas ! Il sanglote et se tient le genou dont le sang est absorbé par le lit d'hôpital. C'était un mail ! Un mail !

— Quel mail ?

— Sur mon Yahoo! On a transféré de l'argent sur mon compte en banque pendant des années en échange de services rendus. De p-petits services. Je ne les ai jamais rencontrés. Jamais…

— Tu ne sais pas qui ils sont.

— N-non, dit-il en sanglotant et en essayant d'arrêter l'hémorragie de ses mains potelées. Je ne sais pas… je ne sais pas… je ne sais pas…

Merde. Je suis tenté de le croire. Il est tellement froussard que s'il savait quelque chose, il parlerait pour sauver sa peau et ses commanditaires se méfiaient sans doute de lui. Nous vérifierons sa boîte mail, mais ça m'étonnerait que ça nous mène à grand-chose.

En entendant crier et courir dans le couloir, j'appuie l'arme sur le front en sueur de Karimov.

— C'est ta dernière chance, ai-je dit d'une voix menaçante. Qui sont-ils ?

— Je ne sais pas ! Son cri plaintif est plein de désespoir et je sais qu'il dit vrai. Il ne sait rien, ce qui le rend inutile. Je suis tenté de le sauver pour le livrer à Esguerra ou à Peter, mais ça serait trop compliqué de le faire sortir d'ici.

Ce qui signifie qu'il ne me reste qu'une seule chose à faire.

J'appuie sur la gâchette pour le cribler de balles et je vois son corps projeter sur le mur où du sang et des fragments de cervelle atterrissent partout. Puis je baisse l'arme et je respire profondément à plusieurs reprises en essayant de calmer le mal de tête qui s'acharne sur moi.

Quelques minutes plus tard, quand Sharipov s'engouffre dans la pièce je suis assis sur la chaise, l'arme déchargée à mes pieds.

— Excusez le désordre, fais-je en me penchant sur les béquilles pour me relever. Nous paierons le nettoyage de la pièce.

Et sans tenir compte de l'horreur qui se lit sur tous les visages, je me dirige d'une démarche précaire vers la porte.

CHAPITRE DOUZE

❖ YULIA ❖

— À quelle organisation appartenez-vous ? Bushekov se penche en avant, ses yeux s'attardent sur moi avec l'intensité d'un serpent qui veut hypnotiser sa proie.

Je le fixe à mon tour, remarquant à peine la question du fonctionnaire russe. Je n'arrive pas à déterminer si ses yeux sont gris-jaune ou noisette clair ; quelle que soit la couleur de ses iris, elles parviennent à se fondre avec le blanc gris-jaunâtre qui les entoure, produisant l'illusion d'une absence complète de couleur pour ses yeux. En général, tout ce qui concerne Arkady Bushekov est gris-jaunâtre, de son teint aux mèches de cheveux collées sur son crâne luisant.

— À quelle organisation appartenez-vous ? répète-t-il en me pénétrant du regard. Je me demande combien de gens ont capitulé devant ce seul regard ; si je croyais que les yeux avaient le pouvoir de rayons X, je jurerais qu'il peut lire dans mes pensées. Qui vous a envoyée ici ?

— Je ne sais pas de quoi vous parlez, dis-je, incapable de dissimuler mon épuisement en parlant.

Je suis en captivité depuis vingt-quatre heures sans dormir, sans manger et sans boire. C'est leur manière de m'affaiblir, de miner ma volonté. Ici, c'est une technique normale. Les Russes se considèrent comme trop civilisés pour recourir à la véritable torture, ils utilisent donc des méthodes plus "douces" qui attaquent l'esprit plutôt que de laisser des traces durables sur le corps.

— Vous savez Yulia Andreyevna — Bushekov m'appelle par mon nom et mon faux patronyme —, le gouvernement ukrainien a démenti tout lien avec vous. Il se penche encore plus près afin que je m'enfonce dans mon siège. Il est si près de moi que je sens le poisson salé et les pommes de terre à l'ail qu'il a dû manger au déjeuner. À moins qu'une organisation clandestine ukrainienne ne vous reconnaisse comme lui appartenant nous serons contraints de vous considérer comme citoyenne russe, comme l'indique votre fausse identité, poursuit-il. Vous comprenez ce que cela signifie, non ?

Oui, je comprends. S'ils m'accusent de trahison, je serai exécutée. Mais je n'ai aucune raison de parler. Obenko ne va pas me revendiquer, même si je révèle notre organisation secrète. À l'échelle globale de l'organisation, un agent ne compte pas.

Tandis que je garde le silence, Bushekov soupire et s'adosse à son siège.

— Entendu, Yulia Andreyevna, si vous voulez jouer à ce jeu-là. Il claque des doigts dans la direction du grand miroir qui se trouve à ma gauche. Nous reprendrons bientôt cette conversation.

Il se lève et se dirige vers la porte qui se trouve dans un coin de la pièce. En s'arrêtant devant celle-ci, il se retourne pour me regarder.

— Pensez à ce que je vous ai dit. Si vous ne coopérez pas, ça va très mal se passer pour vous.

Je ne réagis pas. À la place, je baisse les yeux vers mes mains menottées à la table qui est devant moi. J'entends la porte s'ouvrir et se refermer et je me retrouverais seule si l'on ne m'observait pas de l'autre côté du miroir.

* * *

Les heures se traînent, chaque seconde est plus atroce que la précédente. La soif qui me tourmente n'a d'égal que la faim qui me ronge les entrailles. J'essaie de poser la tête sur le bureau pour dormir, mais chaque fois le bruit strident d'une alarme vient des haut-parleurs et me réveille en sursaut. Il est impossible d'ignorer ce bruit lancinant, même dans l'état d'épuisement dans lequel je suis, et j'y renonce finalement en faisant de mon mieux pour essayer de lâcher prise pendant quelques instants précieux tout en restant assise sur ma chaise.

Je connais leurs méthodes, mais ça ne les rend pas plus supportables. Si l'on n'a pas fait l'expérience de la privation de sommeil, on ne comprend pas qu'il s'agit d'une véritable torture et qu'après un certain temps chaque partie du corps commence à renoncer. J'ai la nausée, j'ai froid des pieds à la tête, tout mon corps me fait mal, le ventre, les muscles, la peau, les os... même les dents. Le mal de tête que j'avais déjà brûle mon crâne et mes lèvres sont gercées par la soif.

Depuis combien de temps Bushekov m'a-t-il laissé seul ? Plusieurs heures ? Un jour entier ? Je ne sais pas, mais ça commence à ne plus avoir d'importance. Le seul point positif c'est que je n'ai pas besoin d'aller aux toilettes. Je suis trop déshydratée et mon estomac est trop vide. Mais cela ne m'a pas épargné l'humiliation. À mon arrivée, on m'a entièrement déshabillée et parcouru le corps tout entier. Même maintenant que je porte une combinaison grise de prisonnière je me sens horriblement nue et mon corps se hérisse au souvenir des mains gantées de latex des gardes qui ont violé son intimité.

Je ferme un instant les yeux et le hurlement de l'alarme reprend et me réveille en sursaut. En ouvrant les yeux, j'essaie d'avaler, de rassembler le peu de salive qu'il me reste dans la bouche pour m'humecter la gorge. Il me semble que j'ai mangé du sable. Il est encore plus pénible d'avaler que de ne pas le faire si bien que j'y renonce en me concentrant simplement sur chaque instant de survie supplémentaire. Ils ne vont pas me laisser mourir comme ça, il suffit que je réussisse à tenir jusqu'à ce qu'on m'apporte à boire.

Jusqu'à ce que l'interrogatoire reprenne.

Mon esprit vagabonde et revient sur ces derniers jours. Je n'ai plus de raison de ne pas penser à Lucas désormais, si bien que je laisse affluer les souvenirs. Violents et doux-amers, ils m'emplissent et me permettent de penser à autre chose qu'à mon corps meurtri et épuisé.

Je me souviens de sa manière de m'embrasser, de son corps qui épousait le mien quand il m'a tenue dans ses bras et quand il m'a fait l'amour. Je me souviens de son goût, de son odeur, de la sensation de sa peau contre la mienne. Il me regardait en me baisant, son regard me possédait de toute son intensité. Est-ce qu'elle a eu un sens quelconque pour lui, cette nuit que nous avons passée ensemble ? Ou est-ce que j'ai été une rencontre comme une autre, un moyen de soulager son désir alors qu'il était de passage à Moscou ?

Mes yeux secs me brûlent tandis que je fixe sans le voir le mur qui me fait face. Quelle que soit la réponse, elle est sans importance. Elle n'en a jamais eu, mais maintenant elle en a encore moins. Lucas Kent est mort, sans doute le corps déchiqueté.

La pièce devient floue sous mes yeux, ses contours perdent et reprennent leur précision et je m'aperçois que je tremble, que mon souffle est court et que mon cœur bat si vite qu'il me fait mal. Je sais que c'est sans doute la déshydratation et le manque de sommeil, mais il me semble aussi que quelque chose se brise en moi tant la pression autour de ma poitrine est pénible et douloureuse. Je voudrais me rouler en boule, me faire toute petite, mais c'est impossible à cause de mes mains menottées à la table et mes pieds enchaînés au sol.

Je ne peux que rester sur cette chaise et pleurer quelque chose que je n'ai jamais eu et que je ne connaîtrai jamais.

CHAPITRE TREIZE

❖ LUCAS ❖

Après l'interrogatoire de Karimov, Sharipov place dix soldats armés pour monter la garde autour de moi et accompagner les infirmières quand elles s'occupent de moi. Je sais qu'il est tenté de faire plus, comme de me jeter en prison, mais il n'ose pas. Peter a déjà fait merveille avec ses relations en Russie si bien que tout le monde à l'hôpital est aux petits soins. Si l'on omet le détail des gardes armés.

Peu m'importe cet entourage. Maintenant que j'ai pu libérer un peu de ma rage, je suis légèrement plus calme et je consacre le temps qui s'écoule entre la mort de Karimov et le sauvetage d'Esguerra à apprendre à me déplacer avec mes béquilles. Selon les médecins, il s'agit d'une fracture du tibia sans complication si bien qu'on devrait m'enlever le plâtre dans six à huit semaines. Cela me réconforte un peu et atténue ma colère et ma frustration d'être coincé à l'hôpital alors que d'autres font mon travail.

Peter me tient au courant si bien que je sais que Al-Quadar a mordu à l'hameçon. Maintenant, il suffit d'attendre que Nora soit emmenée là où les terroristes gardent Esguerra prisonnier. Avec un optimisme prudent, j'ai organisé le transfert du couple dans une clinique privée en Suisse une fois qu'ils seront libérés. Il me semble qu'ils en auront bien besoin. Je finalise également avec Peter la meilleure stratégie possible pour sortir Esguerra du trou où on le détient. Je prends régulièrement des nouvelles des brûlés pour le moment dans un état stable, mais ils sont maintenus dans un coma artificiel pour atténuer leurs souffrances. Il faudra leur faire de nombreuses greffes de peau, une dépense qu'Esguerra devra autoriser à son retour.

Avec toute cette activité, je ne passe pas beaucoup de temps au lit pour me reposer, ce qui ennuie les médecins qui s'occupent de moi. Ils prétendent que je dois rester immobile et ne pas me stresser pour permettre à ma commotion cérébrale de guérir. Je n'en tiens pas compte. Ils ne comprennent pas que j'ai besoin d'agir, et que le pire des maux de tête vaut mieux que de rester couché en pensant à *elle*.

L'interprète russe ou plutôt l'espionne ukrainienne. Yulia.

La seule pensée de son nom fait monter ma tension. Je ne sais pas pourquoi je ne cesse de penser à sa trahison. Et ce n'est pas vraiment une trahison. D'un point de vue rationnel je sais qu'elle ne me devait aucune loyauté. Je suis venu chez elle pour me servir d'elle et finalement c'est elle qui s'est servie de moi. Ce qui fait d'elle mon ennemie, quelqu'un que je veux tuer, mais cela ne veut pas dire qu'elle m'ait trahi. Je ne devrais pas penser à elle davantage qu'à Al-Quadar.

Je ne le devrais pas et pourtant je le fais.

Je pense sans cesse à elle, je me souviens de sa manière de me regarder, de la façon dont elle a retenu son souffle quand je l'ai touchée. Comment elle s'est agrippée à moi quand je l'ai pénétrée, avec son fourreau resserré et glissant autour de ma queue. Elle avait envie de moi, j'en suis certain, et faire l'amour avec elle fut l'expérience la plus torride que j'ai eue depuis des années.

Peut-être la plus torride de ma vie.

Putain !

Il ne faut pas m'infliger ça. Il faut l'oublier. Elle est aux mains du gouvernement russe, c'est un problème qui ne me concerne plus. D'une manière ou d'une autre, elle va payer pour ce qu'elle a fait.

Cette pensée devrait me réconforter alors qu'elle me rend fou de rage.

* * *

— Nous les avons récupérés.

Je me lève en entendant la voix de Peter, trop tendu pour rester en place.

— Comment vont-ils ? J'ai du mal à tenir le téléphone tout en m'appuyant sur les béquilles, mais j'y arrive.

— Esguerra est bien amoché. Ils lui ont bousillé le visage, je crois qu'il a perdu un œil. Pour Nora, ça semble aller. Elle s'est débarrassée de Majid. Elle lui a brûlé la cervelle avant notre intervention. Peter semble admiratif. Elle l'a abattu froidement, c'est incroyable !

— Nom de Dieu ! Je n'arrive pas à l'imaginer, je n'essaie donc même pas. Je reviens plutôt à l'autre information que vient de me donner Peter. Esguerra a perdu un œil ?

— Oui, apparemment. Je ne suis pas médecin, mais ce n'est pas joli. Espérons qu'on pourra arranger ça en Suisse.

— Ouais. S'il y a un endroit qui peut le faire, c'est cette clinique suisse. Elle est renommée pour soigner les célébrités et tous ceux qui sont immensément riches, des oligarques russes aux trafiquants de drogue mexicains. Une nuit y coûte à partir de trente mille francs suisses, mais ce n'est pas un problème pour Julian Esguerra.

— Au fait, il veut que vous y soyez transférés, vous et les autres m'annonce Peter. Nous allons bientôt vous envoyer un avion.

— Ah bon ! Je m'y attendais, mais c'est quand même une bonne nouvelle. Il sera beaucoup plus agréable d'être en convalescence dans cette clinique luxueuse que dans ce trou merdique. Il ne t'a pas démoli pour avoir laissé Nora se faire enlever ?

— Je ne lui ai pas parlé en personne. Je me garde à distance.

— Peter… J'hésite une seconde puis je décide qu'il mérite d'être prévenu. Esguerra n'est pas très raisonnable quand il s'agit de sa femme. Il n'est pas impossible qu'il…

— Qu'il me mette en pièces de ses propres mains ? Ouais, je sais. Le russe semble plus amusé qu'inquiet. C'est la raison pour laquelle je les dépose à la clinique et je m'en vais. À toi de jouer maintenant.

— Tu t'en vas ? Et ta liste de noms ? Je sais bien qu'en échange de trois ans de service Esguerra a promis à Peter la liste de ceux qui sont responsables de ce qui est arrivé à sa famille.

— Ne t'inquiète pas pour ça. La voix de Peter est aussi glaciale qu'un iceberg. Ils auront ce qu'ils méritent.

— Entendu, mon vieux. C'est probablement l'indice dont j'ai besoin pour faire arrêter Peter. Il est évident qu'Esguerra m'en féliciterait, mais je ne puis me résoudre à trahir le russe comme ça. Il n'y a pas si longtemps que nous travaillons ensemble, mais j'ai de l'admiration pour lui. C'est un salaud qui a du sang-froid, ce qui lui permet d'exceller dans son boulot. Et franchement, il est tellement dangereux que je ne veux pas risquer la vie d'autres hommes. Bonne chance ! lui dis-je et c'était sincère.

— Merci, Lucas, toi aussi. J'espère qu'Esguerra et toi vous allez bientôt vous remettre.

Et sur ce dernier mot, il raccroche me laissant attendre l'avion et essayant de ne pas penser à Yulia.

* * *

Nous restons presque une semaine en Suisse à la clinique. Pendant cette période, Esguerra subit deux opérations, la première de chirurgie esthétique afin de lui réparer le visage, la seconde pour lui mettre une prothèse oculaire dans l'orbite droite.

— Les médecins disent qu'après un certain temps les cicatrices seront à peine visibles, me dit sa femme quand je la croise dans le couloir. Et que la prothèse oculaire sera très naturelle. Dans quelques mois, il sera de nouveau presque comme avant. Elle s'arrête et me regarde de ses grands yeux sombres. Et vous, Lucas, comment vous sentez-vous ?

— Bien. Je refuse les analgésiques si bien que j'ai atrocement mal, mais ce n'est pas la peine d'en parler à Nora. J'ai eu de la chance. Et lui aussi.

— Oui. Sa gorge fine bouge tandis qu'elle avale sa salive. Quel est le pronostic pour les autres ?

— Ils survivront jusqu'à leur prochaine opération. C'est la seule chose positive que je puisse dire à propos des brûlés. Les médecins disent que chacun d'entre eux aura besoin d'une douzaine d'opérations.

Elle hoche la tête sombrement.

— Évidemment. J'espère que ça se passera bien. Si vous leur parlez, dites-leur que je leur souhaite bonne chance.

J'incline la tête. Il est peu probable que je puisse leur parler, ils sont complètement anesthésiés, mais il ne me semble pas utile de le lui dire. La frêle jeune femme que j'ai en face de moi a assez de soucis comme ça. Esguerra m'a dit qu'elle s'en sortait, mais je me demande ce qu'il en est. Ce n'est pas souvent qu'une jeune Américaine de banlieue fait exploser la tête d'un terroriste.

J'allais continuer mon chemin quand Nora me demande à voix basse :

— Avez-vous des nouvelles de Peter ?

Il est difficile de deviner à quoi elle pense en me posant cette question et en levant les yeux vers moi.

— Non, aucune, lui dis-je franchement. Pourquoi ?

Elle hausse les épaules.

— Simple curiosité. Nous lui devons la vie.

— C'est vrai. J'ai l'impression qu'il y a anguille sous roche, mais je n'en demande pas plus. À la place, j'incline de nouveau la tête et je continue vers ma chambre.

En m'endormant cette nuit-là, l'espionne blonde me hante à nouveau et je bande malgré mon mal de tête. Comme toutes les nuits depuis une semaine. Dès que je baisse la garde, dès que je suis trop fatigué pour les repousser, des images de notre nuit ensemble me reviennent en désordre. Je n'arrête pas de penser à son sexe serré autour de moi, aux cris sortant de sa gorge quand je la baisais, à son odeur, à son goût... C'est devenu si pénible que j'aie pensé à appeler une pute, mais sans trop savoir pourquoi, cette idée me déplaît.

Il ne s'agit pas seulement de faire l'amour. Je veux faire l'amour avec *elle*.

Furieux, je me lève, j'attrape mes béquilles et je me traîne à la salle de bain pour me branler une fois de plus.

Si tout se passe bien demain, nous serons de retour en Colombie et cette page de ma vie sera tournée.

Alors je pourrai oublier Yulia une fois pour toutes.

TROISIÈME PARTIE : LA PRISONNIÈRE

CHAPITRE QUATORZE

❖ LUCAS ❖

Mes doigts restent au-dessus de mon ordinateur portable tandis que je fixe l'écran en me demandant si j'ai raison de faire ça. Puis j'inspire profondément et je commence à taper. Le message que j'envoie à Bushekov est bref et parfaitement clair :

Esguerra exige que vous lui remettiez Yulia Tzakova pour poursuivre son interrogatoire.

Je clique sur la touche « Envoi » et je me lève, c'est un plaisir d'être libéré des béquilles. On m'a enlevé le plâtre depuis quinze jours et je continue à être ravi chaque fois que je me lève et que je marche sans aide.

Après avoir quitté mon bureau-bibliothèque, je me dirige vers la cuisine pour me faire un sandwich. Je n'ai jamais réussi à faire la cuisine si bien que mon sandwich est la simplicité même : jambon, fromage, salade et mayonnaise entre deux tranches de pain.

Je m'assieds à table pour le manger pour ne pas trop fatiguer mes jambes. Bien que la convalescence se passe bien, j'ai encore tendance à boiter. Deux mois seulement se sont passés depuis ma fracture et les os ont besoin de plus de temps pour se consolider complètement.

Tout en mangeant, je pense à la réponse probable du russe à mon message. Je n'imagine pas que Bushekov sera content de perdre sa prisonnière, mais en même temps je ne pense pas qu'il résiste beaucoup. Les armes d'Esguerra sont les meilleures sur le marché et avec l'escalade du conflit en Ukraine, le Kremlin a plus que jamais besoin de nos livraisons secrètes aux rebelles.

D'une manière ou d'une autre, ils accèderont à la demande d'Esguerra, c'est-à-dire à la mienne. Ce qui veut dire qu'après deux mois obsédés par son souvenir je vais mettre la main sur Yulia Tzakova.

Et je meurs d'impatience, putain !

* * *

Pendant les deux jours qui suivent, j'échange une demi-douzaine de messages avec Bushekov. Comme je m'y attendais, il n'est pas ravi, sa première réaction étant de dire qu'il n'en parlera qu'avec Peter Sokolov.

— Sokolov n'est pas joignable pour le moment, j'explique à Bushekov quand nous nous parlons sur Skype. De nouveau, le fonctionnaire russe a recours à une interprète, cette fois c'est une femme d'âge mûr. Maintenant, c'est moi le porte-parole d'Esguerra, et il veut Tzakova sous sa garde dès que possible, ainsi que les informations que vous avez déjà réussi à obtenir à son sujet.

— C'est impossible, rétorque Bushekov après la traduction de l'interprète. C'est une question de sécurité nationale…

— Vous vous foutez de moi. Nous avons seulement besoin de connaître ses antécédents. Rien à voir avec la sécurité nationale russe.

Après la traduction, Bushekov garde un moment le silence et je sais qu'il réfléchit au meilleur moyen de traiter avec moi.

— Pourquoi avez-vous besoin d'elle ? demande-t-il finalement.

— Parce que nous voulons retrouver la personne ou l'organisation spécifiquement responsable de l'attaque du missile. Ou du moins, c'est ce que je me dis : je veux l'interroger personnellement pour savoir qui sont les salauds qui ont abattu notre avion.

Les yeux ternes de Bushekov ne bronchent pas.

— Vous n'avez pas besoin de Tzakova pour ça. Nous vous ferons part de ces informations dès que nous les obtiendrons.

— Donc deux mois après vous ne savez toujours rien. Je suis à la fois surpris et admiratif qu'ils ne soient pas parvenus à la faire parler. Elle a dû recevoir un entraînement exceptionnel pour résister à un interrogatoire aussi long.

— Mais nous le saurons bientôt. Bushekov croise les bras sur la poitrine. Il y a des moyens pour accélérer les choses et nous venons d'obtenir l'autorisation de les utiliser.

Mes abdominaux se contractent. J'ai essayé de ne pas penser à ce qu'on risque de lui faire subir à Moscou, mais de temps à autre je l'imagine en me souvenant de la nuit que nous avons passée ensemble. Je veux qu'Yulia souffre, mais l'idée qu'un Russe quelconque la torture remue quelque chose de sombre et d'affreux en moi.

— Je me fous de vos autorisations. Je m'oblige à conserver une voix calme en me penchant plus près de la caméra. Vous allez nous la remettre. En tout cas, c'est ce que vous devez faire si vous voulez continuer à faire affaire avec nous.

Il me fixe et je sais qu'il pèse le pour et le contre en se demandant si c'est du bluff. Ce qui est effectivement le cas puisqu'Esguerra ne m'a donné aucune autorisation pour faire cette démarche, mais Bushekov l'ignore. De son point de vue, je représente l'organisation d'Esguerra et je suis sur le point de rompre une alliance fructueuse pour les deux parties.

— Vous savez que ce ne serait pas une bonne idée de votre part de vous opposer comme ça à nous, dit finalement Bushekov

— Peut-être. Sa menace à peine voilée me laisse impassible. Ou peut-être pas. Les ennemis d'Esguerra finissent souvent mal.

Je fais allusion à l'organisation Al-Quadar qui a été totalement décimée depuis notre retour. Nous sommes en guerre contre ce groupe terroriste depuis plusieurs mois, depuis qu'ils ont enlevé Nora pour obtenir un explosif qu'ils désiraient utiliser. Mais les évènements se sont vraiment précipités depuis notre retour du Tadjikistan. Nous avons poursuivi les fournisseurs des terroristes, leurs soutiens financiers et les membres les plus distants de leurs familles. Personne n'a échappé à notre courroux, même si le lien avec Al-Quadar était ténu. Le bilan des victimes s'élève à quatre cents et le secteur du renseignement s'en est aperçu.

Pendant un moment de tension, Bushekov maintient le silence et je me demande s'il va me mettre au pied du mur. Mais il finit par lancer :

— Entendu. Vous l'aurez d'ici à un mois.

— Non. Je soutiens le regard de Bushekov tandis que l'interprète traduit. Nous envoyons dès demain un avion pour venir la chercher.

— Quoi ? Non, ça n'est pas…

— Vous avez amplement le temps de tout préparer. J'ai interrompu l'interprète. Et souvenez-vous, nous l'attendons, elle et les dossiers. Il ne s'agit pas de nous décevoir, croyez-moi.

Et j'interromps la communication avant qu'il ne puisse protester davantage.

* * *

Le lendemain, je m'entraîne comme d'habitude avec Esguerra et ses hommes. Comme moi, il a presque complètement guéri et il vient de donner du fil à retordre à trois nouvelles recrues. Comme ma jambe n'est pas encore tout à fait guérie, je fais juste de la boxe et du tir et je l'envie vraiment de pouvoir se battre.

En quittant le terrain d'entraînement, je lui donne les dernières nouvelles de Peter Sokolov. Visiblement, le russe a obtenu sa liste grâce à Esguerra et il élimine systématiquement chacun de ceux qui y figurent.

— Il y a eu une victime de plus en France et deux autres en Allemagne, fais-je à Esguerra en m'essuyant le visage avec une serviette de toilette. La région de Colombie où nous nous trouvons est proche de la forêt amazonienne, il y fait toujours chaud et humide. Il ne perd pas de temps.

— Cela ne m'étonne pas, dit Esguerra. Comment s'y est-il pris cette fois-ci ?

— On a retrouvé le corps du français flottant dans une rivière, il avait des traces de torture et de strangulation, j'imagine que Sokolov avait d'abord dû le kidnapper. Quant aux Allemands, l'un des deux est mort dans l'explosion d'une voiture et l'autre a été abattu d'un coup de fusil. Je souris. Il ne devait pas leur en vouloir autant.

— À moins qu'il n'ait choisi la plus simple solution.

— Effectivement. Il sait sans doute qu'Interpol est sur ses traces.

— J'en suis certain. J'ai l'impression qu'Esguerra pense à autre chose, je pense donc que ce n'est pas un mauvais moment pour parler du problème Yulia.

— Au fait, dis-je avec indifférence, j'ai fait venir Yulia Tzakova de Moscou.

Esguerra s'arrête et me fixe.

— L'interprète qui nous a donnés aux Ukrainiens ? Pourquoi ?

— Je voulais m'occuper personnellement de son interrogatoire, j'explique tout en mettant la serviette autour de mon cou. Je ne fais pas confiance aux Russes pour le faire correctement.

Esguerra plisse des yeux, son œil artificiel est incroyablement semblable à l'autre.

— C'est parce que tu l'as baisée cette nuit-là à Moscou ? C'est de ça qu'il s'agit ?

Une vague de colère me fait serrer les dents.

— C'est elle qui m'a baisé. Littéralement. Je n'ai pas de problème à l'admettre. Alors, oui, je veux mettre la main sur cette petite pute. Mais je crois aussi qu'elle pourrait nous donner des informations utiles.

Du moins, je l'espère, pour justifier à quel point elle m'obsède, ce qui est de la folie.

Esguerra m'examine une seconde puis hoche la tête.

— Dans ce cas, pas de problème. Nous reprenons notre marche puis il me demande : as-tu déjà négocié avec les Russes ?

Je hoche la tête.

— Ils ont commencé par dire qu'ils ne traiteraient qu'avec Sokolov, mais je les ai convaincus que ce ne serait pas une bonne idée de te déplaire. Sokolov a vu clair quand je lui ai rappelé les récentes difficultés d'Al-Quadar.

— Bien. Esguerra semble content, sa joie est cruelle. Chez les trafiquants d'armes, la réputation est primordiale et le recul des Russes est bon signe en ce qui concerne nos relations avec nos clients et nos fournisseurs.

— Oui, c'est une bonne chose, puis, j'ajoute : Elle arrive demain.

Esguerra hausse les sourcils.

— Où vas-tu la garder ? demande-t-il. Il vient de me prouver sa confiance en ne remettant pas mon initiative en cause. Depuis que je lui ai sauvé la vie en Thaïlande, il m'accorde une extraordinaire marge de manœuvre.

— Chez moi. C'est là que je l'interrogerai.

Il sourit, et je sais qu'il a compris.

— D'accord. Amuse-toi bien !

— Oh, oui ! je réplique d'un air menaçant. Tu peux en être sûr.

Je compte les heures qui me séparent du moment où Yulia prendra l'avion. J'avais pensé aller moi-même la chercher à Moscou, mais après y avoir réfléchi j'ai décidé d'envoyer Thomas, un ancien pilote de la Marine et quelques autres en qui j'ai toute confiance. Si j'y étais allé moi-même, cela aurait paru bizarre. En tant que bras droit d'Esguerra il faut que je sois au domaine et pas que je m'occupe de détails comme venir chercher une espionne.

— S'il y a un problème, préviens-moi immédiatement, ai-je dit à Thomas, mais je suis certain que tout se passera bien.

Dans moins de vingt-quatre heures, Yulia Tzakova sera ici.

Elle sera ma prisonnière et sera entièrement à ma merci.

CHAPITRE QUINZE

❖ YULIA ❖

La lourde porte de métal qui se trouve au bout du couloir résonne et je me réveille en sursaut, conditionnée à réagir à ce bruit comme si c'était une décharge électrique.

Ils reviennent encore s'occuper de moi.

Je commence à trembler, c'est un autre réflexe. J'ai beau vouloir rester forte, ils commencent à me faire céder en me brisant petit à petit. Chaque interrogatoire brutal, chaque humiliation, petite ou grande, chaque jour qui ne fait qu'un avec la nuit tandis que je suis assise ici sans manger ni dormir, tout cela s'accumule et détruit progressivement ma volonté. Et je sais que ce n'est qu'un début. C'est ce que Bushekov a insinué la dernière fois qu'il m'a interrogée dans la salle au miroir.

En essayant de contrôler ma respiration, je m'assieds sur la couchette en tirant sur moi une mince couverture sale. On est peut-être au mois de mai, mais dans la prison c'est encore l'hiver. Le froid n'y cesse jamais. Il pénètre les murs de pierre gris et les barreaux rouillés, il arrive par les fissures du sol et du plafond. Il n'y a aucune fenêtre, si bien que le soleil ne réchauffe jamais ces cellules. Je suis dans un gris fluorescent, cernée de murs gris qui se rapprochent chaque jour davantage de moi.

Des bruits de pas.

En les entendant, je glisse mes pieds couverts de chaussettes dans mes bottes. Ces chaussettes sont sales, tout comme la combinaison que je porte. Je n'ai pas pris de douche depuis trois semaines et je dois puer comme un bouc. C'est l'une de ces petites humiliations pour me déshumaniser.

— Yulechka… Une voix chantante que je connais bien me fait trembler de plus belle. Igor est celui des gardiens que je déteste le plus, celui qui est le plus brutal et dont l'haleine est la plus fétide. Malgré l'omniprésence des caméras de surveillance, il trouve toujours le moyen de me toucher et de me faire mal.

— Yulechka, répète-t-il en s'approchant de ma cellule et je vois briller ses yeux ronds marron.

Il utilise le diminutif de mon nom, un petit nom gentil d'habitude, celui qu'utilisaient mes parents et les autres membres de ma famille. Sur ses lèvres épaisses, il prend une sonorité malsaine et perverse, comme un pédophile parlant à un enfant.

— Tu es prête, Yulechka ? En me fixant, il tend la main vers la serrure.

Je lutte contre l'envie de me recroqueviller contre le mur. À la place, je me lève et je rejette la couverture. Il chercherait n'importe quelle excuse pour mettre la main sur moi, inutile de lui en donner. Je vais donc simplement vers les barreaux et j'attends avec un haut-le-cœur.

— On te réclame de nouveau là-bas, dit-il en tendant la main vers mon bras. Je suis sur le point de vomir lorsqu'il m'attrape par le poignet de ses gros doigts graisseux. Il y referme une menotte puis me prend l'autre bras en se rapprochant encore de moi. On dit que tu ne reviendras pas ici, murmure-t-il. Je sens une de ses mains pincer mes fesses et l'un de ses doigts s'enfoncer brutalement entre les deux. C'est dommage. Tu vas me manquer, Yulechka.

Mon envie de vomir redouble en sentant son haleine, une odeur de vieux mégots et de dents pourries. J'ai besoin de toutes mes forces pour ne pas le repousser. Je sais par expérience que si je me débats il me touchera encore davantage. Je reste donc immobile et j'attends qu'il me lâche. Il ne va pas me violer (grâce aux caméras, cette humiliation m'est épargnée), il suffit donc de rester immobile et de ne pas vomir.

Effectivement, après quelques secondes il me met la seconde menotte et recule, la déception assombrit ses traits.

— Allons-y ! aboie-t-il en m'attrapant par le coude.

Je respire un air pur que son haleine n'a pas empesté en espérant de toutes mes forces que la nausée va disparaître. Je n'ai vomi qu'une seule fois quand on m'a donné de la viande pleine de gras après m'avoir laissée sans manger pendant trois jours de suite et l'on m'a fait nettoyer avec la couverture qui est toujours sur ma couchette.

Je suis soulagée de constater que ma nausée se calme tandis qu'Igor me fait prendre le couloir et c'est alors que je me rends compte de ce qu'il vient de dire.

Tu ne reviendras pas ici.

Qu'est-ce que ça signifie ? Qu'on me transfère ailleurs ou que l'on a finalement décidé que ça ne valait pas la peine d'essayer de me faire parler ? Que je vais être exécutée ? C'était ça le sous-entendu de Bushekov quand il disait qu'il était sur le point d'obtenir de nouvelles autorisations.

Mes battements de cœur s'accélèrent et l'envie de vomir me reprend. Je ne suis pas prête pour cette échéance. Je croyais l'être, mais maintenant que le moment est venu je veux vivre.

Je veux vivre pour voir Misha.

Sauf que si je donne ce qu'ils veulent aux Russes je ne reverrai jamais Misha. La sœur d'Olenko et sa famille seront contraintes de se cacher ainsi que mon frère. Le bonheur de Misha sera terminé et tout sera de ma faute.

Non. Ma résolution se raffermit de nouveau.

Mieux vaut mourir.

Au moins, je sortirai une fois pour toutes de ce trou et de cet enfer.

* * *

Malgré ma détermination, j'ai les jambes tremblantes quand Igor me conduit dans un couloir que je ne connais pas. Nous nous éloignons de la salle d'interrogatoire, ce qui signifie que le gardien n'a pas menti.

Il se passe quelque chose d'autre aujourd'hui.

— Par ici, dit Igor en me traînant vers une double porte. À notre approche, elles s'ouvrent automatiquement et une lumière aveuglante me fait cligner des yeux.

La lumière du soleil.

Elle est chaude et douce sur ma peau, si différente de la lumière fluorescente froide de la prison. Et l'air qui passe par ces portes est différent lui aussi. Il est plus frais, plein de parfums évoquant la ville au printemps, et il n'a rien à voir avec le désespoir et la souffrance humaine.

— La voilà, dit Igor en me poussant pour franchir les portes et j'ai la surprise d'entendre une voix de femme répéter la même phrase en russe, mais avec un accent anglais.

Éblouie par la lumière, je cligne des yeux puis je tourne la tête et je vois une petite femme d'âge mûr debout près de cinq hommes dans une petite cour étroite. Derrière eux, il y a une muraille surmontée de barbelés et plusieurs gardiens armés.

— Qui êtes-vous ? J'ai posé la question en anglais, mais la femme ne me répond pas. À la place, elle se tourne pour regarder l'un des hommes, un grand mince qui semble être leur chef.

— Vous pouvez partir maintenant, merci, lui dit-il en lui parlant anglais avec l'accent américain, et je comprends qu'elle doit être interprète.

Elle hoche la tête en signe d'acquiescement et se hâte d'aller vers le portail au fond de la cour. L'homme s'avance vers moi et je vois un sentiment de dégoût passer sur son étroit visage. Il a dû sentir que je ne me suis pas douchée depuis longtemps.

— Allons-y, dit-il en m'attrapant le bras et en s'éloignant d'Igor.

— Où m'emmenez-vous ? J'essaie de rester calme. Ce n'est pas du tout ce à quoi je m'attendais. Que peuvent bien me vouloir les Américains ? À moins que… pourraient-ils être avec…

— En Colombie, dit l'homme en confirmant ma terrifiante hypothèse. Julian Esguerra demande que vous l'honoriez de votre présence.

Et avant que je puisse me faire à ce nouveau choc, il me traîne vers le portail.

* * *

Je ne sais plus à quel moment je commence à me débattre, si c'est en m'approchant du portail de la prison ou une fois qu'il a été franchi et que nous nous approchons d'une camionnette noire. Tout ce que je sais, c'est qu'une violence sauvage se réveille en moi et que je me jette de toutes mes forces contre l'homme qui me tient par le bras.

Je ne sais pas non plus comment le trafiquant d'armes a pu survivre, et pour le moment ça m'est égal. Je suis un animal traqué qui ne se préoccupe que du terrible sort qui l'attend au bout de ce voyage. J'ai lu le dossier d'Esguerra et j'ai entendu les rumeurs qui courent sur lui.

Non seulement c'est un homme d'affaires sans scrupule, c'est aussi un sadique.

Je suis menottée, je donne donc des coups de pied aux genoux du chef tout en me baissant et en me tortillant, et je réussis à libérer mon bras. Il pousse un cri et se met à proférer des jurons, mais j'ai déjà roulé sur le sol en m'écartant des cinq hommes. Évidemment, je ne vais pas loin. En une seconde ils sont sur moi, ils me clouent au sol puis m'obligent à me relever. Je continue à me débattre, à donner des coups de pied, à mordre et à hurler tandis qu'ils me poussent dans la camionnette. J'arrête de lutter sous l'épuisement et tremblant des pieds à la tête que lorsque les portières se referment et que la camionnette démarre.

J'ai du mal à respirer, mon souffle est rauque et mon cœur affolé bat la chamade dans ma cage thoracique.

— Hijo de puta... elle pue ! marmonne celui qui me tient par le bras et je rougis de honte comme si c'était de ma faute si j'ai été réduite à cet état repoussant.

Ensuite, ils me bâillonnent, sans doute afin de m'empêcher de continuer à hurler et ils attachent ensemble mes chevilles et mes poignets avant de me jeter dans un coin de la camionnette et de s'asseoir à quelques mètres de moi. Ils me laissent alors tranquille et après quelques minutes, une fois que ma panique se calme, je commence à réfléchir.

Julian Esguerra veut que je lui sois livrée. Ce qui veut dire qu'il n'est pas mort dans l'attaque du missile. Comment cela est-il possible ? Est-ce qu'Obenko m'a menti ou est-ce qu'Esguerra a eu de la chance ? Et si le trafiquant d'armes a survécu, qu'en est-il de ses hommes ?

Qu'en est-il de Lucas Kent ?

J'ai un pincement au cœur que je connais bien en pensant à lui. Je n'ai passé qu'une seule nuit avec lui, mais j'ai pleuré sa mort, j'ai pleuré entre les murs froids de ma cellule. Serait-il possible qu'il soit vivant ? Et si c'est vrai, vais-je le revoir ?

Est-ce lui qui va me torturer ?

Non. Je ferme les yeux de toutes mes forces. Impossible d'y penser pour le moment. Je dois prendre chaque minute comme elle vient, comme je l'ai fait dans la salle d'interrogatoire. Il est vraisemblable que les prochaines heures seront les dernières que j'aurai avant d'être torturée, peut-être les dernières de ma vie. Je ne peux pas passer ce temps précieux à m'inquiéter pour l'avenir.

Je ne peux pas les passer à penser à un homme qui est sans doute mort.

Alors au lieu de Lucas Kent je pense de nouveau à mon frère, à son sourire lumineux et à ses petits bras potelés autour de mon cou quand il était enfant. J'avais huit ans quand il est né et nos parents redoutaient que je sois jalouse de l'intrusion d'un nouveau-né dans notre famille très unie. Mais ça ne s'est pas passé comme ça. Dès que j'ai vu Misha à l'hôpital, j'ai été folle de lui, et quand je l'ai tenu dans mes bras pour la première fois et que je me suis rendu compte à quel point il était minuscule j'ai su que je devrai le protéger.

— C'est merveilleux comme Yulia aime son petit frère, disaient les amis de mes parents. Regardez comme elle s'occupe bien de lui. Elle sera une merveilleuse mère.

Mes parents hochaient la tête, m'adressaient de grands sourires et je redoublais d'efforts pour être une grande sœur parfaite et faire en sorte que mon petit frère soit heureux, en bonne santé et en sécurité.

La camionnette s'arrête et interrompt ma rêverie. Je m'aperçois en paniquant que nous sommes arrivés.

— Allons-y, dit le chef quand les portières s'ouvrent et je vois que nous sommes sur une piste de décollage devant un avion privé, un Gulf Stream. Comme mes poignets et mes chevilles sont attachés ensemble, il m'est impossible de marcher et celui qui s'est plaint tout à l'heure de mon odeur me porte dans l'avion. À l'intérieur, il y a un luxe incroyable.

— Je la pose où ? demande-t-il à son chef et je comprends son problème. Les vastes sièges de la cabine sont recouverts de cuir de couleur crème ainsi que le canapé qui est proche d'une table basse. Ici, tout est propre et beau, et moi je suis crasseuse.

— Ici, dit le chef en indiquant un siège près d'un hublot. Diego, recouvre le siège d'un drap.

Un homme brun hoche la tête et disparaît à l'arrière de l'appareil. Une minute plus tard, il revient avec ce qui ressemble à un drap de lit. Il en recouvre le siège et celui qui me porte m'y dépose.

— Voulez-vous qu'on lui enlève le bâillon et les menottes ? demande-t-il au chef, mais celui-ci refuse d'un signe.

— Non. Laissez-la comme ça, ça lui apprendra, à cette pute.

Et sur ces mots, ils s'éloignent en me laissant fixer l'extérieur du hublot et tenter de ne pas penser à ce qui m'attend à l'arrivée de l'avion.

CHAPITRE SEIZE

❖ YULIA ❖

— Avance, allons-y ! On me soulève brutalement du siège en me réveillant d'un sommeil agité. On est arrivé.

Arrivé ? J'ai un coup au cœur en réalisant que nous avons déjà atterri. J'ai dû m'endormir pendant le vol, mon épuisement a pris le dessus sur mon anxiété.

C'est quelqu'un d'autre qui me porte maintenant, le chef l'appelle Diego. Et il ne fait pas vraiment preuve de ménagement. Mais je suis contente qu'on ne m'oblige pas à marcher. Après avoir passé tout le vol avec les poignets liés aux chevilles, j'ai des crampes et je ne suis pas sûre d'en être capable. Sans oublier que j'ai tellement faim que j'ai mal au cœur et que je suis sur le point de m'évanouir. On m'a enlevé le bâillon et donné à boire pendant le vol, mais on n'a pas pris la peine de me donner à manger.

Dès que Diego sort de l'appareil, une humidité chaude s'abat sur moi, j'ai l'impression d'être dans un sauna ou peut-être dans une forêt tropicale. Plutôt une forêt tropicale puisque de gros arbres couverts de lianes entourent le terrain d'atterrissage.

Malgré la terreur qui m'étreint, je suis émerveillée par la verdure qui m'entoure. J'adore la nature, je l'ai toujours aimée depuis ma plus tendre enfance, et cet endroit me plaît à tous points de vue. L'air est saturé de parfums tropicaux, les insectes bruissent dans l'herbe et le soleil brille malgré quelques nuages. Pendant quelques instants délicieux, j'ai l'impression d'être au paradis.

Puis j'entends arriver une voiture et le retour à la réalité est brutal.

Le propriétaire de ce paradis va me torturer et me tuer.

Mon ventre vide se contracte. Je veux résister à la peur, mais je ne peux m'empêcher d'être angoissée en voyant la voiture, un SUV noir, s'arrêter devant l'avion.

La portière du chauffeur s'ouvre et un grand homme costaud sort de la voiture, le soleil luit sur ses cheveux courts et blonds.

Je m'arrête de respirer, les yeux rivés sur ses traits durs.

C'est Lucas Kent.

Il est vivant.

Ses yeux pâles fixent les miens et tout ce qui est autour de moi disparaît et devient flou. J'oublie totalement la faim, les désagréments, les menottes qui m'emprisonnent et la peur de l'avenir.

La seule chose qui compte c'est l'immense joie de savoir que Lucas est vivant, une joie folle.

Il commence à marcher vers moi et je m'oblige à reprendre mon souffle. Il est encore plus grand que dans mon souvenir, avec de larges épaules musclées. Habillé d'un tee-shirt sans manche et d'un jean déchiré, portant un fusil en bandoulière, il ressemble exactement à ce qu'il est, un mercenaire impitoyable aux ordres d'un seigneur du crime.

— Je vais prendre la relève, Diego, dit-il en s'approchant de moi, et je commence à trembler en le voyant tendre la main vers moi et détourner les yeux. Diego me remet à lui sans dire un mot et je me mets à trembler de plus belle en sentant de nouveau les mains de Lucas sur moi, le sentir me toucher me brûle encore plus à travers la rude étoffe de ma combinaison de prisonnière.

Il recule, fait demi-tour et commence à me porter vers la voiture en me tenant contre lui. Il ne semble pas dégoûté par ma saleté et je me mets à frissonner en sentant la chaleur de son corps gagner le mien, je n'ai plus froid du tout. Je devrais être terrifiée, mais à la place je retrouve de nouveau cette sensation, cette folle attirance que lui seul m'a donnée. Au même moment, j'ai brusquement mal derrière les tempes et mes yeux me brûlent comme si j'étais sur le point de pleurer.

Vivant. Il est vivant.

Cela me semble irréel. Tout me semble irréel. Pour moi la réalité c'est une cellule de prison en Russie, grise et sale. Ce sont les mains graisseuses d'Igor et la salle d'interrogation au miroir de Bushekov. C'est la faim, la soif et la nostalgie, la nostalgie de la vie que j'ai perdue quand la voiture de mes parents a dérapé sur le verglas, la nostalgie du frère que je ne vois qu'en photo et de l'homme que je n'ai connu qu'une nuit.

De celui que je croyais avoir tué, et qui me tient dans ses bras en ce moment.

Se pourrait-il que tout ceci ne soit qu'un rêve ? Un mirage sorti de mon esprit épuisé par la privation de sommeil ? Se pourrait-il même que je me sois évanouie devant la table de la salle d'interrogatoire et que l'alarme stridente m'ait ramenée à moi ?

Le visage de Lucas devient flou devant moi et je m'aperçois que je pleure pour de bon, de vilaines grosses larmes emplissent mes yeux et coulent sur mes joues. Je suis gênée et j'ai le réflexe de les essuyer, mais mes mains toujours attachées à mes chevilles ne peuvent aller jusque-là. Si bien que mon geste est un soubresaut maladroit et je vois le visage de Lucas se glacer en jetant un coup d'œil vers moi.

— Tu es une sale pute, dit-il d'une voix si basse que je l'entends à peine. Tu crois que tu vas pouvoir me manipuler avec tes larmes ?

Il me serre plus fort, avec brutalité et violence en s'arrêtant devant le SUV et baisse les yeux durement sur moi comme s'il attendait ma réaction. Comme je ne réponds pas, ses traits se durcissent encore plus.

— Tu vas payer pour ce que tu as fait, me menace-t-il d'une voix emplie de rage contenue. Tu vas payer pour tout.

Et sur ces mots, il ouvre la portière d'un coup et me jette sur le siège arrière. Au moment où mon dos heurte le cuir de la banquette, je sais que je me suis trompée.

Ce n'est pas un rêve.

C'est un cauchemar.

* * *

Le trajet ne dure que quelques minutes. Lucas conduit en silence et ne me dit pas un mot, et je mets ce temps à profit pour retrouver mes esprits. Bizarrement, ses menaces me permettent de contrôler mes larmes, ma joie et ma surprise deviennent une peur glacée en réalisant que Lucas Kent est vivant et que c'est lui qui va me faire payer.

Est-ce que cela signifie que l'avion a bel et bien été abattu ? Et alors comment se fait-il qu'Esguerra et lui aient survécu ? Je voudrais le demander à Lucas, mais je ne peux me résoudre à briser le silence alors que je sens sa rage qui empoisonne l'atmosphère. Il a enlevé son arme et l'a posée sur le siège avant à côté de lui, mais ça n'atténue pas la violence qui émane de lui.

S'il le veut, il peut me tuer de ses propres mains.

Alors que la voiture quitte la partie la plus boisée, je vois une grande maison blanche dans le lointain. Elle est entourée d'une pelouse impeccable qui contraste avec la jungle sauvage qui se trouve derrière nous. Plus loin, je vois des miradors espacés les uns des autres d'une douzaine de mètres. Ce n'est pas une surprise. Le dossier d'Esguerra disait que son domaine de Colombie était très bien gardé malgré sa situation en bordure de la forêt amazonienne et son isolement.

Nous n'allons pas vers cette grande maison, mais nous tournons et nous longeons la jungle vers un groupe de maisons plus petites et de petits bâtiments carrés d'un seul étage. Les gardes et les autres employés d'Esguerra habitent sans doute ici, je réalise en voyant des hommes armés et quelques femmes y entrer ou en sortir.

La voiture s'arrête devant l'une des maisons individuelles, celle qui a un perron, et Lucas en sort en laissant son arme dans la voiture. Il claque la porte derrière lui et j'accuse le coup en essayant de contrôler l'anxiété qui m'envahit et m'empêche de respirer. Le goût acre de la peur me brûle la gorge. D'une certaine manière, ce sera pire d'être torturée par Lucas, d'avoir les ongles arrachés par lui ou d'être mise en pièces par ses mains.

Pire parce que parfois dans ma prison de Moscou je m'imaginais avec lui et je rêvais qu'il me tenait dans ses bras robustes et que j'y étais en sécurité.

Lucas fait le tour de la voiture et ouvre la portière arrière. Il se penche à l'intérieur, m'attrape toujours sans un mot, me prend dans ses bras et claque la portière du pied pour la refermer. Sa manière de me porter est brutale et agressive et je sais que ce n'est que le début.

Mon rêve vole en éclat au contact de la réalité.

Il me porte sur les marches du perron en marchant facilement comme si j'étais aussi légère qu'une plume. Il a une force extraordinaire, mais ce n'est pas une garantie de sécurité. En tout cas pas pour moi. Peut-être pour une autre femme, plus tard, quelqu'un qu'il aimera et qu'il voudra protéger.

Quelqu'un qu'il ne détestera pas comme il me déteste.

Au moment où il pousse la porte d'entrée pour l'ouvrir et se tourne de côté pour me faire passer par l'embrasure, j'aperçois dans la rue des visages emplis de curiosité. Il y a plusieurs hommes et une femme d'âge mûr, et pendant un instant j'ai la tentation ridicule de les supplier de m'aider, de les implorer de me sauver. Une envie qui disparaît aussi vite qu'elle est venue. Ces gens ne sont pas des passants innocents. Ce sont les employés d'un trafiquant d'armes sadique et ils sont totalement complices du sort qui m'attend.

Je garde donc le silence tandis que Lucas me porte dans la maison et referme de nouveau la porte avec le pied. Comme il ne me regarde pas, j'en profite pour l'examiner et je remarque la dureté de pierre de ses mâchoires. Il est toujours furieux, la rage émane de lui comme la chaleur d'une flamme. Je me demande pourquoi il est dans une rage pareille. Ce genre de situation, faire payer les ennemis d'Esguerra, doit être la routine pour lui. Je m'attendais à du détachement et à de la froideur, pas à cette colère glaciale.

Et en y réfléchissant, je me serais attendue à ce qu'il m'emmène dans un hangar ou dans un débarras, un endroit où cela lui serait égal de répandre le sang et d'autres substances corporelles. Je me retrouve à la place dans une maison habitée, même si elle est sommairement meublée. Un canapé de cuir noir, une télévision à écran plat, une moquette grise et des murs blancs, la pièce où il me porte n'a rien de luxueux, mais ce n'est certainement pas un lieu de torture. S'agit-il de la maison de Lucas ? Et dans ce cas pourquoi suis-je là ?

Je n'ai guère le temps d'y réfléchir parce qu'il m'emmène dans une grande salle de bain carrelée de blanc. Il y a une immense baignoire, une cabine de douche vitrée et un lavabo à côté des wc.

Certainement pas un lieu de torture..

— Pourquoi m'avoir conduite ici ? J'ai la voix rauque, rocailleuse à force de ne plus parler. Depuis que les hommes d'Esguerra m'ont empêchée de crier à

Moscou, je n'ai plus ouvert la bouche. C'est ta maison, non ?

Lucas bouge la mâchoire, mais il ne me répond pas. À la place, il me porte dans la cabine de douche, me pose sur le sol carrelé et sort une clé. Il attrape les menottes et les ouvre avant d'en faire de même pour mes chevilles. Puis il me force à me mettre debout.

— Tu as besoin de prendre une douche, putain ! dit-il avec dureté. Déshabille-toi. Immédiatement !

Mes genoux flageolent, les muscles de mes jambes sont incapables de me porter même si mon dos douloureux se réjouit de gratitude de ne plus être plié en deux. J'ai tellement faim, je suis tellement épuisée que la tête me tourne et seule la main de Lucas agrippée à moi m'empêche de retomber par terre.

Une douche ? Il veut que je prenne une douche ? Avant de pouvoir comprendre cette étrange exigence, il pousse un cri d'impatience et ouvre brutalement la fermeture éclair de ma combinaison.

— Attends, je vais… J'essaie d'atteindre la fermeture éclair d'une main tremblante, mais c'est trop tard. Lucas a tourné autour de moi, m'a appuyé la tête contre le mur de la douche et m'a fait descendre la combinaison aux genoux, je n'ai plus qu'une culotte trop grande qui me monte jusqu'à la taille et un soutien-gorge de sport tout distendu, ce sont les seuls sous-vêtements autorisés en prison. En une seconde il me les arrache aussi et me retourne afin que je sois face à lui.

— Ne m'oblige pas à te le répéter. Il me prend la mâchoire, la serre violemment tout en m'attrapant l'avant-bras de l'autre main. Tu fais ce que je te dis, compris ? Ses yeux étincellent d'une rage glacée, et d'autre chose aussi.

Du désir.

Il a toujours envie de moi.

En m'apercevant que je suis nue devant lui mon cœur se déchaîne. J'aurais dû m'y attendre et pourtant je n'y avais pas pensé. Dans mon esprit, ce qui s'est passé entre nous n'a rien à voir avec le châtiment qu'il va m'infliger, mais j'avais tort.

Pour les hommes tels que Lucas, la violence et le sexe sont inséparables l'un de l'autre.

— Tu as compris ? répète-t-il en me serrant cruellement la mâchoire et je fais un signe affirmatif, le seul mouvement dont je sois capable. Ce qui suffit visiblement puisqu'il me lâche et recule d'un pas. Lave-toi, m'ordonne-t-il en sortant de la douche et en refermant la porte derrière lui. Tu as cinq minutes.

Puis il se croise les bras, s'adosse au mur et me fixe en attendant.

CHAPITRE DIX-SEPT

❖ LUCAS ❖

Elle tend la main vers le robinet de douche, tremblant de tout son corps, et je m'aperçois des efforts que lui coûte chacun de ses gestes. Elle n'a aucune force, elle est émaciée, infiniment plus frêle que la dernière fois que je l'ai vue, et le fait que ça me gêne redouble encore ma rage.

Je m'attendais à ressentir du désir et de la haine, de savourer ses souffrances tout en assouvissant ma faim sur sa chair traîtresse. J'avais l'intention de l'utiliser comme un jouet sexuel jusqu'à faire disparaître mon obsession pour elle et puis de faire le nécessaire pour identifier celui qui tire les ficelles de cette marionnette.

Je ne m'attendais pas à voir cette créature blême et échevelée ni à l'effet qu'elle me ferait.

Est-ce qu'on l'a laissé mourir de faim ? C'est vraisemblable, on voit sortir ses côtes. Elle a le ventre creux, les hanches protubérantes et ses membres sont atrocement maigres. Elle a dû perdre au moins sept kilos en deux mois, et elle n'était déjà pas grosse avant.

Elle parvient à faire couler l'eau et je m'oblige à rester immobile tandis qu'elle prend du shampoing. Elle ne me regarde pas, elle se concentre entièrement sur ce qu'elle doit faire et je sens une nouvelle vague de rage, de désir et d'autre chose encore qui me déconcerte.

Quelque chose qui ressemble étrangement à l'envie de la protéger.

Putain ! Je serre les dents, déterminé à résister au désir bizarre d'aller dans la douche et de la serrer contre moi. Pas de la baiser, bien que j'en meurs d'envie, mais de la tenir entre mes bras.

Pour la réconforter.

Furieux, je m'agite contre le mur tout en la regardant se laver les cheveux. Malgré son extrême minceur, son corps reste gracieux et féminin. Ses seins sont plus petits qu'avant, mais ils sont encore étonnamment saillants, ses tétons se dressent en petits boutons de rose tandis qu'elle est sous la douche. Je vois le duvet blond entre ses jambes ; sans rasoir ni épilation à la cire, son pubis a dû reprendre son aspect naturel. Ma queue déjà presque en érection pour l'avoir déshabillée se dresse complètement, et je m'imagine entrer dans la douche, enlever mon jean et la pénétrer pour sentir sa chaleur sans les moindres préliminaires. La prendre comme ça, tout simplement, comme le jouet sexuel que je voudrais qu'elle soit.

Et rien ne m'en empêche. C'est ma prisonnière. Je peux lui infliger tout ce que je veux. Je n'ai jamais violé de femme, mais je n'en ai jamais autant désiré et détesté une comme ça. Pourquoi serait-il pire de la baiser que de découper sa chair délicate pour la faire parler ?

Non, elle m'appartient et je peux la faire souffrir à ma guise.

Sauf que je n'ai pas envie de la faire souffrir en ce moment. La violence qui bouillonne en moi ne lui est pas adressée. Elle concerne ceux qui lui ont fait du mal. Quand je l'ai vue dans les bras de Diego avec ses longs cheveux tombants et ternes autour de son visage blême, j'ai ressenti une rage à nulle autre pareille.

Et quand elle a commencé à pleurer, j'ai eu toutes les peines du monde à ne pas la prendre dans mes bras pour lui promettre que plus personne ne lui ferait jamais de mal.

Même pas moi.

C'est une envie qui m'a rendu fou et qui continue à me rendre fou. Je suis certain que cette sorcière savait ce qu'elle faisait en pleurant, tout comme elle a su comment me soutirer des informations cette nuit-là à Moscou. Son apparence vulnérable n'est justement qu'une apparence. Sous cette beauté blonde se cache un agent bien entraîné, une espionne aussi compétente dans les défis de l'esprit qu'en langues étrangères.

— Tes cinq minutes sont terminées, lui annonçai-je en m'éloignant du mur. Elle s'est lavé les cheveux ainsi que le corps et elle se contente maintenant de rester sous la douche, les yeux fermés et la tête penchée en arrière. Sors ! Ma voix est dure et ne reflète aucun des tourments qui m'agitent.

Je ne vais pas la laisser se foutre de moi une deuxième fois.

En m'entendant, elle se met à sursauter, elle ouvre brusquement les yeux et se retourne pour fermer l'eau. Elle tremble toujours, mais pas autant que tout à l'heure et je me demande si c'est de la comédie ou si elle a vraiment du mal à tenir debout.

J'ouvre la porte de la douche, j'attrape une serviette de toilette que je lui jette. Sèche-toi !

Elle obéit et se sèche d'abord les cheveux puis le corps. C'est alors que je remarque les bleus qui couvrent ses jambes et sa cage thoracique ainsi que les cernes de ses yeux las.

Que Dieu l'emporte ! *Pour ça,* elle ne fait pas semblant.

— Ça suffit. En réprimant un absurde élan de pitié, je lui arrache la serviette que je remets au crochet. Allons-y.

Elle m'implore des yeux quand je l'attrape par le bras, mais je ne tiens aucun compte de sa plainte muette et fais preuve d'une brutalité inutile avec elle. Il ne faut pas me laisser aller à ma faiblesse, à cette obsession qui semble complètement en dehors de mon contrôle. Depuis deux mois, je me suis habitué au désir constant qu'elle m'inspire, mais me voilà dans une situation complètement nouvelle.

Elle trébuche quand je la fais sortir de la salle de bain et je m'arrête pour la relever en me disant qu'il sera plus facile de la porter que de la traîner. En la prenant dans mes bras, je sens la douceur de ses seins contre moi, et je sens le parfum de son corps maintenant qu'elle est propre et qui se mêle à mon gel de douche. Le désir m'envahit de nouveau, je me rends moins compte qu'elle est trop légère, et j'en suis content. Voici exactement ce dont j'ai besoin : la désirer et rien d'autre. Mais pour cela, elle ne peut pas être cette pauvrette maladive et pathétique.

Il faut qu'elle soit plus forte.

J'allais l'emmener dans la chambre, mais je change de direction et je vais plutôt à la cuisine. Je la sens respirer à toute vitesse, elle a sans doute peur, mais elle ne se débat pas. Elle a vraisemblablement compris à quel point ce serait inutile dans l'état où elle se trouve.

Arrivé dans la cuisine, je la pose sur une chaise et je recule d'un pas. Immédiatement, elle se recroqueville pour cacher presque entièrement son corps nu. Elle me fixe de ses grands yeux terrifiés, ses cheveux mouillés sont plaqués sur son dos et sur ses épaules.

— Tu vas manger, lui dis-je en m'approchant du frigidaire. En l'ouvrant, j'y prends de la dinde, du fromage et de la mayonnaise et je pose tout cela sur le plan de travail à côté d'une miche de pain qui s'y trouve. Tout en lui préparant un sandwich, je garde un œil sur elle pour m'assurer qu'elle ne tente pas de s'échapper, mais elle reste immobile. Elle se contente de me regarder avec méfiance tandis que je tartine deux tranches de pain de mayonnaise, que j'y ajoute du fromage et de la dinde et que je mets le tout sur une assiette.

— Mange ! dis-je en posant l'assiette devant elle.

Elle se passe la langue sur les lèvres.

— Est-ce que je pourrais avoir de l'eau s'il te plaît ?

Évidemment. Elle doit aussi avoir soif. Sans répondre, je vais à l'évier, je lui verse un verre d'eau et je le lui apporte.

— Merci. Elle me remercie à voix basse, ses doigts frêles entourent le verre et effleurent les miens en le prenant. Ce geste accidentel provoque une décharge électrique dans ma colonne vertébrale, mon jean me serre de manière inconfortable, ma queue se frotte à la fermeture éclair.

Elle baisse un instant les yeux avant de les relever vers mon visage et je vois ses pupilles se dilater. Elle est consciente de mon désir pour elle et ça lui fait peur. Sa main qui tient le verre tremble légèrement quand elle boit et son autre bras se resserre autour de ses genoux repliés.

Bien ! Je veux qu'elle ait peur. Je veux qu'elle sache que j'ai beau la désirer, je ne lui témoignerai aucune pitié. Elle ne pourra plus jamais me manipuler.

Pendant qu'elle boit, je m'assieds de l'autre côté de la table et je m'adosse à la chaise en mettant les mains derrière ma nuque.

— Mange ! Dépêche-toi ! Je lui donne de nouveau ces ordres quand elle repose son verre et elle obéit, ses dents blanches régulières mordent dans le sandwich avec une avidité qu'elle ne cherche pas à dissimuler.

Malgré sa faim évidente, elle mange lentement en mastiquant bien chaque bouchée. Elle a raison. Elle pourrait vomir si elle mangeait trop vite.

— Alors, dis-je lorsqu'elle a déjà mangé un quart du sandwich, quel est ton véritable nom ?

Elle s'arrête au moment de prendre une nouvelle bouchée et repose le sandwich.

— Yulia. Elle soutient mon regard sans broncher.

— Ne me mens pas. Je dénoue les mains et me penche en avant. Une espionne n'utilise pas son vrai nom.

— Je n'ai pas dit que c'était Yulia Tzakova. Elle reprend son sandwich et recommence à manger avant de m'expliquer : Yulia est un nom fréquent en Russie et en Ukraine et c'est mon prénom. C'est l'équivalent russe de Julia.

— Ah bon. C'est logique et j'ai tendance à la croire. Il est toujours plus simple de rester près de sa véritable identité quand on fait de l'infiltration. Alors Yulia, quel est ton véritable nom de famille ?

— Mon nom de famille est sans importance. Ses lèvres douces font la grimace. La jeune fille qui le portait n'existe plus.

— Alors tu peux bien me le dire ? Je suis intrigué malgré moi. Qu'il ait de l'importance ou pas, je veux connaître son nom de famille.

Je veux tout savoir d'elle.

Elle hausse les épaules et prend une nouvelle bouchée. Je me rends compte qu'elle n'a pas l'intention de me répondre.

Je grince des dents, mais je m'oblige à rester patient. Si les Russes n'ont rien pu en tirer en deux mois, je ne peux certainement pas m'attendre à la faire parler tout de suite. La priorité des priorités est de la faire manger pour qu'elle reprenne des forces. Elle répondra ensuite. J'arriverai à la faire parler, d'une manière ou d'une autre.

Pour le moment, je passe mentalement en revue les informations que Bushekov m'a envoyées par mail à son sujet. On n'a pas trouvé grand-chose. Elle a seulement admis qu'elle avait vingt-deux ans (et non vingt-quatre comme l'indique son faux passeport), qu'elle était née à Donetsk, l'une des régions rebelles de l'est de l'Ukraine. Le gouvernement ukrainien refuse de reconnaître qu'elle travaille pour lui, l'organisation à laquelle elle appartient doit donc être privée ou clandestine. Elle semble vraiment avoir une licence d'anglais et de relations internationales de l'université de Moscou. On a retrouvé les résultats d'examens de Yulia Tzakova d'il y a deux ans et Bushekov a rencontré des professeurs et des étudiants qui ont pu confirmer qu'elle assistait vraiment aux cours.

Est-ce que les Ukrainiens l'ont recrutée à l'université ou l'ont-ils mise là délibérément? Il n'est pas impossible qu'elle travaille pour eux depuis l'adolescence. Il est rare de recruter des agents aussi jeunes, mais ça peut arriver.

— Tu fais ça depuis combien de temps? lui ai-je demandé quand elle a presque fini de manger. Ses joues pâles ont un peu repris de couleur et elle semble moins tremblante. Je veux dire: depuis combien de temps espionnes-tu pour l'Ukraine?

Au lieu de répondre, Yulia boit un peu d'eau, repose son verre et me regarde droit dans les yeux.

— Est-ce que je pourrais aller aux toilettes s'il te plaît?

Mes mains se crispent sur la table.

— Oui. Après avoir répondu à ma question.

Elle ne bronche pas.

— Depuis longtemps, dit-elle d'une voix neutre. Et maintenant est-ce que je peux aller faire pipi aux toilettes? Ou est-ce que je dois le faire ici?

La rage qui me consume éclate et je cède à elle. En un éclair, je suis près de Yulia, je l'attrape par les cheveux et je l'oblige à se mettre debout. Elle crie de douleur, ses mains s'agrippent à mon poignet, mais je ne la laisse pas se débattre. En moins de deux secondes, elle a le bras tordu derrière le dos et le visage contre la table. L'assiette où se trouvait ce qu'il restait du sandwich glisse et vole en miettes sur le sol, mais je m'en fous.

Elle va immédiatement apprendre une leçon essentielle.

— Répète ça ! Je me penche sur elle, son corps nu est prisonnier sous le mien. Je l'entends respirer à toute vitesse, elle a le souffle court, et les courbes de son derrière s'appuient entre mes jambes ; mon sexe se durcit, des images violentes de sexe m'envahissent l'esprit. Dans cette position, il me suffirait d'ouvrir mon jean et je serai en elle.

C'est une tentation presque insupportable.

— Depuis l'âge de onze ans. Elle a une petite voix, sa bouche est tout contre la table. Je le fais depuis l'âge de onze ans.

Onze ans ? Stupéfait, je la relâche et je recule d'un pas. Quelle sorte d'organisation peut recruter des enfants ?

Avant que je puisse assimiler ce qu'elle vient de me révéler, elle se précipite vers moi.

— Je t'en prie, Lucas. Elle a de nouveau pâli, ses lèvres tremblent. J'ai vraiment besoin d'aller aux toilettes.

Putain !

Je l'attrape par le bras.

— Tu as cinq minutes, lui dis-je d'un air menaçant tout en la conduisant à la salle de bain. Et ne ferme pas la porte. J'ai la clé.

Elle hoche la tête et disparaît dans la salle de bain, ses cheveux désormais presque secs descendent le long de son dos fin.

En secouant la tête, je retourne à la cuisine pour enlever les débris.

Je ne veux pas qu'elle se coupe les pieds sur les tessons d'assiette.

CHAPITRE DIX-HUIT

❖ YULIA ❖

Les genoux tremblants je m'effondre contre la porte fermée de la salle de bain et j'essaie de calmer ma respiration haletante. Je ne devrais pas autant paniquer à cause de ce qui vient de se passer dans la cuisine, mais ça ressemblait trop à ce qui s'est déjà passé… à ce cauchemar contre lequel j'ai tant lutté. La position dans laquelle nous étions avec moi sur le ventre et un homme déterminé à me faire mal au-dessus de moi m'était trop familière et j'ai perdu la tête.

J'ai perdu la tête comme cette jeune fille de quinze ans que je croyais avoir oubliée pour de bon.

Si ça avait été quelqu'un d'autre, n'importe qui d'autre, ça aurait peut-être été moins grave. J'aurais pu ériger ce mur de fer dans ma tête, il m'a permis de ne pas devenir folle. Si je ne ressentais que de la peur et du dégoût envers Lucas, ça aurait été moins difficile.

Si je n'avais pas rêvé bêtement de lui en prison, l'effet aurait été moins terrible.

En respirant profondément, je me force à me relever et à aller aux toilettes. Il ne me reste que deux ou trois minutes avant que Lucas revienne me chercher et je ne peux me permettre de les gaspiller comme ça. En me lavant les mains et en me brossant les dents, je me regarde fixement dans la glace en essayant de me convaincre que je vais y arriver, que je vais résister à tous les châtiments qu'il choisira de m'infliger, même s'ils sont d'ordre sexuel.

— Les cinq minutes sont terminées. Sa voix grave me fait sursauter et je m'aperçois que je suis restée là devant l'eau qui coule. Sors !

La panique me reprend.

— Juste une seconde !

Je ne suis pas prête à affronter ça. Je ne suis pas prête à l'affronter. Pour la première fois depuis des semaines j'ai mangé un vrai repas et j'ai pris une douche, et d'une certaine manière c'est encore pire. Parce que j'ai presque retrouvé un aspect humain, je suis terriblement consciente de ma nudité et je me rends compte à quel point je suis à la merci d'un homme qui désire me faire du mal.

Le cœur battant, j'examine la salle de bain. Lucas ne serait pas assez bête pour y laisser traîner une arme, mais je n'ai pas besoin de grand-chose. Mes yeux tombent sur la brosse à dents que je viens d'utiliser et je m'en empare. Je la casse en deux à deux mains. Comme je l'espérais, l'un des bouts a un bord irrégulier et coupant et je le serre de toutes mes forces dans la main droite.

En respirant de nouveau profondément, j'ouvre la porte et je sors.

— J'ai fini, fais-je, en espérant qu'il n'entendra pas de tension dans ma voix.

— Allons-y. Lucas m'attrape par le bras gauche et je trébuche, exprès cette fois. Il se retourne pour m'aider à me redresser et c'est le moment que je choisis pour le frapper au rein avec mon arme improvisée. Je n'écoute pas la partie de mon cerveau qui renâcle à l'idée de lui faire mal, là où sont encore mes fantasmes, et je laisse mon entraînement reprendre le dessus.

Il se détourne in extremis, ses réflexes sont impeccables, et je lui fais une éraflure au torse au lieu de lui donner un coup en profondeur. La brosse à dent cassée se prend dans sa chemise, je suis forcée de la laisser tomber, mais ça ne me décourage pas. Comme il ne m'a pas lâché le bras, je me laisse tomber par terre, je mets tout mon poids sur ce bras et je donne un coup de pied de la jambe gauche. J'atteins Lucas à la mâchoire, l'impact me fait mal, mais il a un mouvement de recul qui me donne la demi-seconde nécessaire pour me libérer de son emprise.

Je me relève d'un bond et je me précipite à la cuisine pour y prendre un couteau, mais au bout de deux enjambées Lucas m'a rattrapée par-derrière. Je parviens à me retourner en roulant à demi sur moi sur la moquette et je donne un coup de coude à ses abdominaux. De nouveau, ce coup me fait mal au bras. Il continue à rouler sans même pousser un grognement d'effort et un instant plus tard il me plaque au sol, attrape mes poignets et les relève au-dessus de ma tête tout en maintenant mes jambes avec les siennes.

Je ne peux plus bouger. Une fois de plus, je suis impuissante et il est au-dessus de moi.

Je relève les yeux pour le fixer en haletant, j'ai tellement peur que j'en aie mal au ventre et j'attends qu'il se venge. La lutte l'a excité. Je sens une bosse dure dans son jean tout contre mon ventre nu. À moins qu'il n'ait eu cette érection avant.

De toute façon, je devine quel sera mon châtiment.

Lui aussi respire mal, sa poitrine monte et descend au-dessus de moi. Je vois la rage brûler dans ses yeux pâles, de la rage et quelque chose de plus sauvage.

À ma grande surprise, un soupçon d'ardeur s'éveille en moi comme si mon esprit superposait l'horreur de ma situation actuelle avec le plaisir extraordinaire de cette nuit-là. Là aussi, j'étais couchée sous son poids et mon corps n'a pas l'air de saisir la différence.

Il n'a pas l'air de comprendre que celui qui est sur moi ne se contente pas d'avoir envie de moi.

Il veut se venger.

Il baisse la tête et je m'immobilise en retenant mon souffle tandis que ses lèvres effleurent mon oreille gauche.

— Tu n'aurais pas dû faire ça, murmure-t-il, son souffle ardent me brûle la peau. J'allais te donner davantage de temps, te permettre de reprendre des forces, mais c'est fini… Il appuie la bouche sur mon cou et je sens des petits coups de langue sur cet endroit si délicat, comme s'il voulait savourer mon goût. Tu as épuisé ma patience, ma belle.

Je commence à frissonner et j'essaie de me dérober à l'ardeur de cette bouche cruelle, mais il n'y a pas d'issue. Son grand corps musclé me cerne complètement, il pèse de tout son poids sur moi. Le bref élan d'énergie que m'a donné le sandwich a disparu, je n'ai plus la moindre force après ces semaines de privation. Épuisée, je cesse de me débattre et je m'aperçois que mon ardeur s'accroit au plus profond de moi, je suis mouillée et ce désir me contrarie.

— Lucas, je t'en prie. J'ignore pourquoi je le supplie. Je viens juste d'essayer de le blesser ; désormais, il ne va pas m'épargner. Je t'en prie, ne fais pas ça. La réaction irrationnelle de mon corps devrait rendre la situation plus facile, mais elle ne fait que mettre en valeur mon impuissance, mon manque total de contrôle. Je ne peux être confrontée à ça avec lui. Ce serait complètement destructeur. Je t'en prie Lucas…

Il bouge tout en restant sur moi, la bouche toujours tout près de mon oreille.

— Ne fais pas quoi ? murmure-t-il en prenant mes deux poignets dans l'une de ses grandes mains. Sa main libre se glisse entre nous et arrive entre mes cuisses où elle trouve mon sexe. Ne fait pas ça ? Son pouce appuie sur mon clitoris et son index me pénètre.

Cette intrusion me fait sursauter, brusquement mon ardeur se transforme en douleur. Mes tétons se durcissent et je me sens encore plus mouillée, mon corps désire ce qui fracasserait mon âme.

— Non, je t'en prie, ne fais pas ça. Stupidement, des larmes, des larmes ridicules, se mettent à couler et je ne peux les contenir. Elles jaillissent et coulent sur mes tempes, je brûle de honte devant ma faiblesse. Non, je t'en prie… Son doigt s'avance plus profondément en moi et d'anciens souvenirs me reviennent et me ramènent là où il n'y a ni air ni lumière. Ma respiration se fait de plus en plus haletante, ma voix devient suraigüe. Je t'en prie Lucas, non !

À ma grande surprise, il s'arrête puis se dégage avec un juron et se relève d'un bond.

— Lève-toi ! gronde-t-il en attrapant mon bras pour m'obliger à me mettre debout. Dès que je le suis, il me traîne dans le salon et me pousse sur le canapé en lâchant : si tu bouges le petit doigt…

Hébétée, je le vois disparaître au fond de la pièce et revenir un instant plus tard avec une chaise et une corde enroulée. Il les place au milieu de la pièce. Je n'ai pas bougé, je tremble encore tellement que j'en suis incapable et je n'offre aucune résistance quand il me soulève, me pose sur la chaise, m'attache les bras derrière le dos et me ligote sur la chaise. Puis il utilise ce qui lui reste de corde pour m'attacher aussi les chevilles après les avoir écartées.

Quand il a fini, il se relève et me regarde. La bosse qui gonfle son jean est toujours là, mais ses yeux sont redevenus froids, j'y retrouve l'expression glacée que je connais bien.

— Je reviens dans quelques minutes, dit-il d'une voix dure. À mon retour, il vaudrait mieux pour toi que tu te décides à parler.

Et avant que je puisse répondre, il sort de la pièce où il me laisse ligotée, nue, et seule.

CHAPITRE DIX-NEUF

❖ LUCAS ❖

Je rentre dans la salle de bain et j'en referme la porte en contrôlant mes gestes et en veillant à ne pas la faire claquer trop fort. Me contrôler, voici ce dont j'ai besoin en ce moment.

Me contrôler et garder mes distances à *son* égard.

Ma queue est comme un pieu dans mon jean, mes testicules si gonflés que j'aie l'impression que je vais exploser d'un instant à l'autre. Il ne m'est jamais arrivé d'être si près de baiser une femme et de m'arrêter.

Je ne me suis jamais refusé quelque chose dont j'avais autant envie.

Elle était là, étirée sous mon poids, son long corps mince nu et si vulnérable. J'aurais pu la baiser de n'importe quelle manière, à mon gré, pour laisser libre cours à ma rage tout en assouvissant la faim qui me poursuit depuis si longtemps.

À la place, je l'ai relâchée.

Quel fils de pute !

Je me regarde fixement dans la glace, et je vois de la furie et de la frustration sur mon visage. Elle avait envie de moi, j'ai senti à quel point elle était mouillée, à quel point son corps répondait au mien, et pourtant je l'ai relâchée.

Dégoûté par ma propre faiblesse, je détourne le regard et passe la main dans mes cheveux courts. Le viol ne serait pas pire que d'autres crimes que j'ai commis depuis quelques années. Au service d'Esguerra j'ai tué et j'ai torturé des hommes et des femmes et je n'ai eu aucun remords. Prendre Yulia aurait été l'enfance de l'art, ça fait deux mois que j'en rêve chaque nuit, et pourtant je m'en suis empêché.

Je m'en suis empêché parce que la terreur que j'ai entendue dans sa voix était sincère et que je devais en tenir compte.

En grinçant des dents, je soulève ma chemise et j'examine ma cage thoracique. Il n'y a pas de sang là où Yulia m'a égratigné, mais une vilaine éraflure rouge. Elle visait sans doute le rein. Si je n'avais pas réagi aussi vite, je serai à terre, en train de perdre mon sang et de souffrir le martyre, à supposer qu'elle ne m'ait pas immédiatement tranché la gorge. En tout état de cause, j'ai mal à la mâchoire, là où elle m'a donné un coup de pied, en me rappelant à quel point elle est dangereuse et à quel point il est impossible de lui faire confiance.

Il aurait été plus malin de la laisser avec les Russes.

Non. Dès que cette idée me traverse l'esprit, mon corps tout entier se crispe pour la rejeter. Maintenant qu'elle est enfin sous ma coupe, l'idée que quelqu'un d'autre puisse la tourmenter m'est insupportable. Tout en moi hurle qu'elle est à moi, et que je peux la baiser et la châtier comme je l'entends.

Personne d'autre ne mettra jamais la main sur elle.

J'ouvre la fermeture éclair de mon jean, je sors ma queue engorgée et je referme le poing autour. En fermant les yeux de toutes mes forces, je m'imagine à l'intérieur d'elle avec ses parois intimes qui épousent de si près ma verge.

L'esprit rempli d'images pornographiques je mets moins d'une minute à jouir, ma semence jaillit dans la cuvette blanche du lavabo propre.

CHAPITRE VINGT

❖ YULIA ❖

Je ne sais pas combien de temps il me faut pour réaliser que c'est un véritable sursis, mais je réussis finalement à me calmer assez pour arrêter de trembler.

Il n'est pas allé jusqu'au bout.

Il ne m'a pas forcée à le faire.

Je n'arrive toujours pas à y croire. Je sais à quel point il bandait, je l'ai senti. Il n'avait aucune raison de m'épargner. Je ne suis pas n'importe quelle femme qu'il aurait ramassée dans un bar. Je suis l'ennemie qui vient juste de tenter de le blesser. Il aurait dû se glorifier de mes prières pitoyables et mettre à profit la faiblesse que je lui révélais en me brisant une fois pour toutes.

Ou du moins, c'est ce à quoi je m'attendais de sa part.

En baissant la tête, je fixe mes jambes nues en essayant de comprendre pourquoi il s'est arrêté. Lucas Kent n'est pas un nouveau venu dans ce genre de vie, loin de là. Selon son dossier, il a rejoint la marine des États-Unis immédiatement après le lycée et a commencé le programme d'entraînement des Forces Spéciales quelques mois plus tard. Dans ce dossier, il n'y avait pas grand-chose sur ses missions, si ce n'est qu'en général elles étaient secrètes et particulièrement dangereuses. Par contre, la raison de son départ y figurait.

C'était une accusation de meurtre après huit ans de service. Celui qui me détient en captivité a tué son commandant puis disparu dans la jungle d'Amérique latine. Ensuite, son dossier est vide pendant quatre ans, mais finalement Lucas Kent a refait surface comme homme de confiance et second du très redoutable Esguerra.

Mes bras ont la chair de poule et un sixième sens me fait lever les yeux.

Deux paires d'yeux noirs me regardent par la fenêtre, les uns sont immenses et ont des cils épais, les autres sont légèrement en amande.

Ce sont deux jeunes femmes. Je le comprends en voyant celle qui possède des cils épais s'abaisser pour disparaître, me laissant fixer l'intruse qui est plus courageuse qu'elle. Celle qui est restée a à peu près mon âge et semble colombienne, son visage rond et bronzé est encadré de cheveux noirs et lisses. Elle est jolie et semble extrêmement curieuse à mon sujet à en juger par la manière dont elle me dévisage.

Je n'ai pas le temps d'en savoir plus parce qu'une seconde plus tard elle se baisse et disparaît à son tour.

Troublée, je continue à regarder fixement par la fenêtre et j'attends, mais elles ne reviennent pas. À la place, j'entends des bruits de pas et je tourne la tête pour voir Lucas entrer dans la pièce avec une autre chaise.

Il la place devant moi, s'y assied et croise les bras.

— Alors, Yulia. Il me regarde d'un air dur en allant de mon corps nu à mon visage. Pourquoi ne pas commencer par me raconter ton histoire ?

C'est la fin de mon sursis.

En essayant de conserver mon calme, je m'humecte les lèvres.

— Est-ce que je pourrais avoir de l'eau s'il te plaît ? J'ai soif, et je voudrais tellement retarder le plus possible cet interrogatoire.

Il ne bouge pas.

— Parle et je t'en donnerai.

J'avale ma salive en remarquant la manière implacable dont il serre la mâchoire.

— Qu'est-ce que tu veux savoir ? Il y a peut-être des renseignements de base que je peux partager avec lui, comme je l'ai fait avec les Russes. Je peux admettre avoir espionné pour les Ukrainiens, mais il le sait déjà, et je peux lui en dire un peu plus sur mon histoire.

Lui donner ces informations me permettra peut-être de gagner du temps avant de souffrir.

— Tu as dit avoir commencé à onze ans. Il me regarde froidement, toute trace de désir a disparu de ses yeux. Parle-moi d'eux, de ceux qui t'ont recrutée.

C'était bien inutile de penser que je pourrais le berner avec des révélations sans intérêt.

— Je ne sais pas grand-chose à leur sujet. Ils m'envoyaient des missions à accomplir, voilà tout.

Il plisse les yeux. Il sait que je mens.

— Vraiment ? La douceur de sa voix est trompeuse. Ton inscription à l'université de Moscou, c'était une mission ?

— Oui. Inutile de le nier. Ils m'ont donné de faux papiers et m'ont inscrite afin que je puisse vivre à Moscou et me rapprocher de membres importants du gouvernement russe.

— T'en approcher comment ? Il se penche en avant et je vois une lueur sombre dans ses yeux pâles. De quelle manière précise voulaient-ils que tu remplisses ta mission, ma belle ?

Je ne réponds pas, mais je vois bien qu'il le sait. Comment une jeune femme s'insinue-t-elle au plus haut sommet de l'état ?

— Il y en a eu combien ? La voix de Lucas est si tranchante que j'ai l'impression de voler en pièces. Tu en as baisé combien pour t'en « approcher » ?

— Trois. Deux petits fonctionnaires et un ami de Bushekov, c'est comme ça que j'ai pu devenir son interprète. J'ai dû coucher avec trois d'entre eux. Je regarde Lucas droit dans les yeux, en surmontant la honte qui se love dans ma poitrine. Esguerra aurait été le quatrième, mais je me suis retrouvée avec vous à la place.

Ses yeux se plissent encore davantage et une peur froide accélère mon pouls. J'ignore pourquoi je le provoque ainsi. Ce n'est pas une bonne idée de le mettre en colère. Il faut l'apaiser pour gagner du temps. Voir le mépris sur son visage, c'est comme un coup de couteau dans mes entrailles, mais peu importe.

Un vrai coup de couteau serait pire, bien pire.

Tout à coup, il se lève et se penche sur moi, j'essaie de ne pas broncher en penchant la tête en arrière pour croiser son regard. Ses yeux étincellent dans ma direction, de nouveau la rage est de retour dans leurs profondeurs gris-bleu. Pendant un instant, je suis persuadée qu'il va me frapper, mais à la place il me prend une poignée de cheveux et me force à pencher encore davantage la tête en arrière.

— Et tu avais envie d'eux ? Il me tire les cheveux et me fait si mal que je suis sur le point de pleurer. Ton sexe était mouillé pour eux aussi ?

— Non. Je dis la vérité, mais je m'aperçois qu'il ne me croit pas. C'était différent avec eux. C'était seulement une obligation. Je ne sais pas pourquoi je tente de le convaincre. Je ne veux pas qu'il sache qu'avec lui il y avait quelque chose de spécial, mais en même temps je n'arrive pas à lui mentir à ce sujet. C'était mon boulot.

— Et avec moi aussi, tu as fait ton boulot. Il baisse les yeux sur moi et me fixe, et j'entrevois son violent désir qui transparaît sous sa colère. Tu m'as donné ton corps en échange de certaines informations.

Je ne le nie pas et je vois son buste se gonfler quand il respire. Je me prépare à entendre une condamnation pleine de dureté, mais elle ne vient pas. À la place, il relâche un peu mes cheveux comme s'il s'apercevait que je ne peux pas rester le cou penché comme ça.

— Yulia… Sa voix prend une étrange intonation. Quel âge avais-tu quand tu as couché avec le premier des trois ?

Je cligne des yeux, prise au dépourvu par sa question.

— Seize ans.

Ou du moins, c'était, l'âge que j'avais quand notre relation a commencé. Boris Ladrikov, un petit membre de la Douma légèrement chauve, fut mon premier petit ami et notre liaison a duré presque trois ans. C'est lui qui m'a présentée à tous les gens importants, y compris Vladimir qui fut l'amant que je dus prendre après.

— Seize ans ? Lucas répète ce que je viens de dire et je remarque un muscle qui se contracte près de son oreille. Il est furieux, et j'ignore complètement pourquoi. Et quel âge avait ta cible ?

— Trente-huit ans. Je ne sais pas pourquoi Lucas me pose toutes ces questions sans importance, mais ça m'est égal de lui répondre tant que ça l'empêche d'en poser sur de vrais sujets. Il croyait que j'avais dix-huit ans ; c'était ce qu'indiquait mon faux passeport.

Je m'attends à ce que Lucas pousse plus loin l'interrogatoire, mais à ma surprise il me lâche les cheveux et recule d'un pas.

— Cela suffit pour le moment, dit-il et à nouveau j'entends cette étrange intonation dans sa voix. Nous reprendrons tout à l'heure.

Et sans un mot de plus, il se retourne et quitte la pièce. Une minute plus tard, j'entends s'ouvrir et se refermer la porte d'entrée et je sais que je suis de nouveau seule.

CHAPITRE VINGT-ET-UN

❖ LUCAS ❖

Une enfant. Putain, ce n'était qu'une enfant quand on l'avait placée à Moscou et qu'on l'avait forcée à coucher avec ces trous du cul de fonctionnaires, ces types louches.

La rage qui me dévore est tellement incandescente que j'ai l'impression de brûler de l'intérieur. J'ai dû faire appel à toute ma maîtrise de moi-même pour dissimuler ma réaction à Yulia. Si je n'avais pas quitté la maison à temps, j'aurais donné un coup de poing dans le mur.

Comme l'envie ne m'en a pas toujours quitté une heure plus tard, je donne des coups de poing dans le punching-ball, chaque coup me permet d'extérioriser ma rage. Je m'aperçois que les autres me regardent d'un air inquisiteur ; ça fait quarante minutes que je fais ça sans même m'interrompre pour boire.

— Lucas, tu es fou, gringo, qu'est-ce qui te prend ? Une voix masculine brise ma concentration et je me retourne d'un coup pour voir Diego qui est à côté de moi. Le grand mexicain sourit, ses dents blanches étincellent dans son visage basané. Ne devrais-tu pas garder tes forces pour ta prisonnière ?

— Va te faire foutre, pendejo. Agacé par cette interruption j'attrape la bouteille d'eau posée par terre et je bois d'un trait. D'habitude, j'aime bien Diego, mais là j'ai envie de lui taper dessus. Putain, mêle-toi de tes affaires et pas de ma prisonnière.

— Je fais partie de ceux qui l'ont amenée ici, c'est pour ça que je m'en mêle, objecte-t-il, mais il a cessé de sourire. Il s'est rendu compte de ma mauvaise humeur. C'est cette pute qui est responsable du crash, non ?

J'essuie la sueur de mon front.

— Qu'est-ce qui te fait dire ça ? J'avais l'impression que seuls Esguerra, Peter et moi-même étions au courant de l'implication de Yulia.

Diego hausse les épaules.

— Nous l'avons récupérée dans une prison russe, et tout le monde sait que les Ukrainiens étaient dans le coup. Donc ça semble logique. Et de plus, il y a l'air d'y avoir quelque chose de personnel pour toi dans cette histoire, alors… Sa voix devient hésitante et je le regarde d'un air dur.

— Je viens de te le dire... mêle-toi de tes affaires, dis-je froidement. La dernière chose dont j'ai envie c'est de parler de Yulia avec d'autres hommes. Ma revanche aurait dû être la simplicité même et elle a tellement mal tourné que ça en devient catastrophique. La jeune fille qui est ligotée sur une chaise dans mon salon n'est pas celle que je croyais et je ne suis pas foutu de savoir comment réagir.

— Ouais, OK, pas de problème. Diego s'est remis à sourire. Mais dis-moi : tu l'as déjà baisée ? Même avec l'odeur qu'elle avait en sortant de prison je me suis rendu compte qu'elle était bonne...

Il n'a pas le temps de finir sa phrase qu'il reçoit mon poing en pleine figure. Je ne l'ai pas fait exprès. Mais je ne peux plus contenir ma rage tant elle est explosive. Il recule en trébuchant sous la force du coup et je bondis sur lui pour le plaquer au sol. Mes jambes accusent la brusquerie de ce mouvement, mais sans tenir compte de cette douleur, j'assène les coups les uns après les autres sur Diego qui est stupéfait.

— Merde, Kent, qu'est-ce qui te prend ? Des mains de fer s'emparent de moi et dégagent ma victime. Je n'arrive pas à me débattre. Calme-toi, mon vieux !

— Qu'est-ce qui se passe donc ? La voix d'Esguerra éteint ma rage comme une giclée d'eau glacée éteint un incendie. En reprenant mes esprits, je m'aperçois que Thomas et Eduardo me tiennent par le bras tandis que notre patron est à une douzaine de mètres, à l'entrée du gymnase.

— Rien qu'un petit désaccord, parviens-je à répondre en conservant une voix calme alors que j'ai encore soif de sang. En voyant que j'ai cessé de me débattre, Thomas et Eduardo me relâchent et reculent prudemment tout en gardant une expression neutre.

Je sais qu'il faut dire quelque chose et je me tourne vers le garde que j'ai attaqué.

— Désolé, Diego. Tu m'as pris au mauvais moment.

— Ouais, sans blague ! marmonne-t-il en se relevant non sans difficulté. Il saigne du nez et son œil gauche est déjà gonflé. Il faut que j'y mette de la glace.

Il sort du gymnase en vitesse et Esguerra me regarde d'un air interrogateur.

Je hausse les épaules comme s'il s'agissait d'une vétille et à mon soulagement Esguerra laisse tomber. À la place, il m'informe d'un appel de notre fournisseur de Hong Kong qui aura lieu dans la soirée, il pense que ce serait une bonne idée que je sois présent. Puis il retourne dans son bureau et me laisse tirer sur des canettes de bière avec les gardes en essayant de ne pas penser à ma captive.

CHAPITRE VINGT-DEUX

❖ YULIA ❖

J'ignore combien de temps je reste assise à cet endroit, en essayant de trouver une position plus confortable sur cette chaise, mais finalement des petits coups à la fenêtre attirent mon attention. Je lève les yeux en sursautant et je vois la jeune fille qui m'épiait tout à l'heure, celle qui a le visage rond. Elle est dehors avec le nez appuyé sur la vitre et me dévisage. Je ne vois pas son amie, elle a dû revenir seule.

— Salut ! Qui êtes-vous ? Je lui pose la question sans savoir si elle parle anglais ni même si elle peut m'entendre de l'autre côté de la fenêtre.

Elle hésite une seconde puis me demande :

— Où est Lucas ?

On entend à peine sa voix à travers la vitre, mais je me rends compte qu'elle parle anglais comme les Américains, avec seulement un soupçon d'accent espagnol.

— Je ne sais pas. Il est parti il y a un petit moment, fais-je en l'examinant aussi attentivement qu'elle. Mais pas à jeu égal : je ne vois que son visage alors que je suis nue. Mais je remarque ses traits réguliers et ses lèvres charnues et je décide de m'en souvenir au cas où ça me serait utile plus tard.

Qui est-elle ? Pourrait-elle être la petite amie de Lucas ? Sa fiche ne disait rien au sujet d'une liaison, mais Obenko ne pouvait pas savoir quelles sont les relations de Lucas au domaine. Qui sait, mon geôlier pourrait avoir une femme et trois enfants. Une jolie petite amie n'est pas impossible ; Lucas est un homme viril avec une forte libido et il n'aurait aucun problème à séduire, même dans un endroit aussi isolé que cette enceinte.

Plus j'y réfléchis, plus cela semble logique. J'ai sous les yeux la raison pour laquelle il ne m'a pas baisée tout à l'heure.

Ce n'était pas à cause de mes supplications, c'est parce qu'il ne voulait pas la tromper.

— Que voulez-vous ? Je le demande à la jeune fille en essayant d'oublier l'impression de trahison absurde que je ressens à ce moment-là. Elle ne semble pas gênée de me voir nue et ligotée, il est clair qu'elle sait ce que fait son petit ami. Pourquoi êtes-vous ici ?

Elle ouvre la bouche comme pour répondre, mais disparaît à la place. Un instant plus tard, j'entends s'ouvrir la porte d'entrée et je comprends pourquoi.

Lucas est de retour. Je prends conscience de sa présence en entendant ses pas. Il entre dans la pièce, s'arrête juste en face de moi et je m'aperçois que sa peau bronzée brille de sueur. Son tee-shirt sans manche est plaqué contre son torse musclé avec un V de sueur au milieu. Il a un air viril, une puissance implacable, et en rencontrant son regard glacé je m'aperçois que je brûle entre les jambes.

Cela a beau être incroyable, j'ai envie de lui.

Je parviens tant bien que mal à détourner les yeux, de peur qu'il ne comprenne ce que je ressens. Avec lui, toutes mes réactions sont absurdes, je viens juste de m'apercevoir qu'il a une petite amie, et même si ce n'était pas le cas, comment puis-je désirer un homme dont j'ai peur ? Et pourquoi ne m'a-t-il pas encore fait de mal ?

Mes yeux tombent sur ses phalanges et je me raidis en y voyant des bleus.

Il vient juste de frapper quelqu'un.

Je veux lui poser des questions, mais je garde le silence et baisse les yeux sur mes genoux. Il est toujours en colère, je le sens, et je ne veux pas le provoquer. Je ne parle pas non plus de sa petite amie, alors que je meurs d'envie de le confronter à son sujet. Pour une raison ou une autre, la jeune fille brune ne voulait pas qu'il sache qu'elle m'épiait et je ne veux pas moucharder pour le moment.

J'ai besoin de garder les moindres cartes.

— Tu as faim ? demande Lucas et je lève les yeux, un peu surprise par sa question.

— Pourquoi pas, dis-je prudemment. En fait, je meurs de faim, mon organisme a besoin de se rassasier après des semaines sans nourriture, mais je ne veux pas qu'il s'en serve contre moi. Et, j'ai aussi vraiment besoin d'aller aux toilettes, même si j'essaie de ne pas trop y penser.

Il me fixe puis hoche la tête comme s'il venait de prendre une décision. Il fait demi-tour et disparaît dans le couloir qui mène à la salle de bain, puis j'entends couler l'eau. Il prend une douche ?

Trois minutes plus tard, il réapparaît, vêtu d'un short en coton noir et d'un tee-shirt propre. Son cou musclé étincelle de gouttes d'eau et il sent le gel-douche que j'ai déjà utilisé, il vient bien de prendre une douche.

Il s'accroupit devant moi, me détache les chevilles d'un geste, puis fait le tour de la chaise pour me détacher les bras.

— Allons-y, dit-il en me prenant par le coude et en m'aidant à me lever. Tu peux aller aux toilettes et ensuite je te donnerai à manger.

Il m'emmène à la salle de bain et je marche à côté de lui, trop stupéfaite pour penser à une nouvelle tentative de fuite.

— Vas-y, dit-il en me poussant quand nous arrivons à la salle de bain, et j'y entre en décidant de ne pas remettre ma bonne étoile en question.

Tout en me lavant les mains, je vois une nouvelle brosse à dents intacte sur la tablette du lavabo. Pendant une seconde, je suis tentée de renouveler ma tentative de tout à l'heure, mais j'y renonce. Si je ne l'ai pas blessé par surprise, je n'aurai certainement pas le dessus maintenant qu'il sait de quoi je suis capable.

Par ailleurs, il a dit qu'il allait me donner à manger et mon ventre crie famine à la seule idée d'être rassasié.

— Tes mains, dit Lucas en m'attrapant les poignets dès que je sors de la salle de bain ; je lui montre mes paumes pour qu'il voie qu'elles sont vides. Il hoche la tête d'un air approbateur : c'est bien, dit-il.

Son attitude étrange me fait hausser les sourcils, mais il m'emmène déjà à la cuisine.

— Assieds-toi, dit-il en désignant une chaise, et je lui obéis en le regardant reprendre les mêmes ingrédients qu'il a utilisés pour le déjeuner. Il commence à préparer deux sandwiches. Pendant qu'il s'affaire, j'examine rapidement la cuisine en essayant de trouver quelque chose qui pourrait servir d'arme. Je suis déçue de constater qu'il n'y a pas de bloc à couteaux ni rien qui y ressemble. Les plans de travail sont vides et nus, il n'y a que ce dont il a besoin pour faire les sandwiches. Et Lucas n'a pas de fusil, toutes ses armes doivent être entreposées quelque part, peut-être dans sa voiture.

— Voilà, dit-il en posant une assiette devant moi, et je remarque que c'est une assiette en papier, pas en faïence comme celle qui a été cassée tout à l'heure. Et le couteau qu'il prend pour tartiner la mayonnaise est en plastique. Désormais, Lucas prend des précautions. Je suis sûre que si je fouillais dans les tiroirs je trouverais quelque chose, mais il me neutraliserait bien avant que je puisse ouvrir le moindre tiroir.

J'ai beau avoir les mains libres, il est toujours aussi impossible de m'échapper.

Je passe la langue sur mes lèvres sèches.

— S'il te plaît est-ce que je peux avoir…

— De l'eau ? En voici. Il me verse de l'eau dans un gobelet en papier, le pose devant moi et s'assied à table en face de moi avec son propre sandwich.

J'ai des millions de questions à lui poser, mais je m'oblige à boire et à manger avant de céder à cette envie. Je ne veux surtout pas l'agacer et mettre ce repas en péril.

Finalement, je ne peux plus attendre.

— Pourquoi fais-tu cela ? Je l'interroge tandis qu'il finit de manger. J'ai le ventre tellement plein que je suis sur le point d'exploser et je sens que je commence à reprendre des forces au fur et à mesure que mon organisme absorbe des calories. Que veux-tu de moi ?

Lucas lève les yeux, les traits tendus, et je réalise qu'il fixe mes seins, ils sont visibles sous mes cheveux longs. Une bouffée de chaleur me monte au visage, mes tétons se durcissent quand je vois le désir flagrant sur son visage. J'ai passé toute la journée nue devant lui et je commence à ne plus m'en rendre compte, mais ça n'ôte rien à la charge sexuelle qu'il y a entre nous. Tout en soutenant son regard, je comprends qu'une partie de son silence pendant le dîner doit venir de la distraction que provoque ma nudité.

Il continue à me désirer et je ne sais pas si le savoir me terrifie ou m'excite.

— Parle-moi d'eux, dit-il brusquement. Parle-moi de ceux qui t'ont recrutée et qui t'ont forcée à faire ça.

C'est donc ça la raison pour laquelle il est gentil avec moi. Il fait le bon flic alors que les Russes ont fait les méchants, le sauveur contre les tortionnaires. C'est tellement proche de mes fantasmes que ça me donne envie de pleurer. Sauf qu'il n'a pas l'intention de me sauver ; il veut des renseignements, des renseignements que je ne peux ni ne veux lui donner.

— Que s'est-il passé ce jour-là ? Je réponds à sa question par une autre question. Elle me poursuit depuis que je sais qu'Esguerra et lui sont vivants. Comment avez-vous survécu ?

Lucas serre les dents et l'expression de désir quitte son visage.

— Tu parles du crash de l'avion ?

— Le crash de l'avion a donc bien *eu lieu* ? Je n'en étais pas certaine même si je pensais que sa volonté de me faire payer signifiait qu'il s'était bien passé *quelque chose.*

Lucas se penche en avant, il froisse l'assiette en papier.

— Oui, il y a eu un crash. Tes supérieurs ne t'en ont pas informée ?

Je suis sur le point de réagir en entendant la rage revenir dans sa voix, mais je me retiens.

— Si, mais j'ai pensé qu'ils avaient été mal renseignés.

— Parce que nous avons survécu.

Je hoche la tête en retenant mon souffle.

Il me fixe un instant puis se lève et fait le tour de la table.

— Allons-y, dit-il en me reprenant par le bras. Nous avons fini de manger.

Puis il me ramène au salon, m'attache à la chaise et me laisse de nouveau seule en faisant bruyamment claquer la porte d'entrée derrière lui.

CHAPITRE VINGT-TROIS

❖ LUCAS ❖

Tandis qu'Esguerra parle des problèmes de transport avec notre fournisseur de Hong Kong, je garde le silence, assis à côté de lui, sans me concentrer entièrement sur l'appel vidéo. Je n'arrive pas à comprendre comment cette jeune femme peut m'entortiller comme ça. Tantôt, je voudrais prendre soin d'elle tantôt, je suis déchiré entre l'envie de la baiser et de l'exécuter sur place.

Un enfant qui se prostitue.

Voilà ce qu'on a fait d'elle. On l'a prise à onze ans, on l'a formée, et on l'a lâchée à Moscou à seize ans avec pour instruction de se rapprocher des plus hautes sphères gouvernementales.

Rien que d'y penser ça me rend malade. Je ne sais pas ce qui m'enrage le plus : qu'on lui ait fait ça ou qu'elle ait été impliquée dans un accident d'avion qui a tué quarante-cinq de nos hommes et qui en a brûlé trois au point d'être défiguré.

Comment est-il possible de haïr quelqu'un tout en voulant venger le mal qu'on lui a fait ?

— Merci pour votre temps, M. Chen, dit Esguerra avec une politesse dont il est peu coutumier et je vois le vieil homme ridé hocher la tête sur l'écran et répéter la même formule. Dans cette région du monde, il est important de respecter ce genre de subtilités, même si l'on a affaire à des criminels.

Dès qu'Esguerra raccroche, je me lève, impatient de retrouver Yulia.

— A demain, lui dis-je, et il hoche la tête sans lever les yeux de son ordinateur.

— À demain, me répond-il tandis que je pars.

Il fait nuit quand je sors, une nuit chaude et humide. Le bureau d'Esguerra est un petit bâtiment proche de la maison principale, à une certaine distance de la zone des gardes où j'habite. J'aurais pu venir en voiture, mais j'aime bien marcher et après être resté immobile pendant deux heures j'ai envie de me dégourdir les jambes et de m'éclaircir les idées.

Je n'ai fait que quelques pas quand j'entends une femme m'appeler et je me retourne pour voir Rosa, la bonne d'Esguerra qui court sur la grande pelouse. Elle a l'air de tenir une casserole avec un couvercle.

— Lucas, attends ! Elle semble essoufflée.

Je m'arrête, curieux de voir ce qu'elle veut. Je me rappelle vaguement qu'Eduardo m'a parlé d'elle. Il sortait peut-être ensemble à l'époque. D'après ce qu'il a dit, elle est née sur le domaine ; ses parents travaillaient pour Juan Esguerra, le père de mon patron. Je l'ai vue dans les parages et nous nous sommes souvent dit bonjour, mais je ne lui ai jamais vraiment parlé.

— Tiens ! dit-elle en s'arrêtant devant moi et en me tendant la casserole. Ana veut te donner ça.

— Ah bon ? Je prends ce qu'elle m'offre avec surprise, c'est lourd. Malgré le couvercle, je sens un délicieux fumet s'échapper, j'en ai l'eau à la bouche. Pourquoi ?

La gouvernante d'Esguerra offre quelquefois des petits gâteaux ou des fruits aux gardes, mais c'est la première fois qu'elle me gâte personnellement.

— Je ne sais pas. Les joues rondes de Rosa se mettent à rougir. Je crois qu'elle a seulement fait un peu trop de soupe et que Nora et le Señor n'en voulaient pas.

— Je vois. Je ne vois rien du tout, mais je ne vais pas refuser ce plat qui a l'air délicieux et qui sent si bon. Eh bien, je serai content de le manger s'ils n'en veulent pas.

— Non, ils n'en veulent pas. C'est pour toi. Elle m'adresse un sourire hésitant. J'espère que ça te plaira.

— J'en suis sûr, dis-je en examinant la bonne. Elle est jolie, avec des rondeurs sensuelles et des yeux bruns étincelants et en la voyant rougir encore davantage sous mon regard, je réalise que ce n'est peut-être pas la gouvernante, une femme d'âge mûr, qui est derrière cette initiative.

Rosa s'intéresse à moi. Tout à coup, j'en suis persuadé.

Faisant de mon mieux pour cacher mon embarras je lui dis bonsoir et je m'en vais. Il y a deux mois, j'aurais été flatté et j'aurais accepté avec plaisir l'invitation sans équivoque qui se lit dans le sourire timide de la jeune fille. Mais maintenant, je ne pense qu'à la blonde aux longues jambes qui m'attend chez moi et à tout ce que je veux lui faire de vilain et de violent.

— Au revoir, crie Rosa et tout en me remettant à marcher je tourne la tête pour lui adresser un sourire neutre.

— Merci pour la soupe, dis-je, mais elle se hâte déjà vers la maison, sa robe noire de bonne flotte autour d'elle comme un voile.

* * *

Dès que j'arrive à la maison, je mets la casserole au frigidaire et je vais au salon. Je retrouve ma prisonnière exactement là où je l'ai laissée : ligotée sur la chaise au milieu de la pièce. Yulia a la tête baissée, ses longs cheveux blonds recouvrent presque tout le haut de son corps. Elle ne bouge pas quand je m'approche et je m'aperçois qu'elle a dû s'endormir.

Je m'accroupis devant elle, je commence à lui détacher les chevilles en essayant de ne pas tenir compte de ma réaction à une telle proximité. Comme ses jambes ligotées sont ouvertes, je peux voir les tendres plis entre ses cuisses et tout à coup je retrouve exactement le goût de son sexe et sa sensation autour de ma queue.

Putain !

Je baisse les yeux vers mes mains, déterminé à me concentrer sur ma tâche. Mais ça ne sert à rien. Alors que mes doigts effleurent sa peau soyeuse, je remarque que ses pieds sont longs et fins, comme tout le reste de son corps. Malgré sa haute taille, sa stature est délicate, ses chevilles si fines que je peux en prendre une entre le pouce et l'index.

Il serait si facile de briser ces os fragiles. Cette pensée interrompt ma bouffée de désir et je me saisis avec reconnaissance de la distraction qu'elle m'offre. Voilà ce dont j'ai besoin : penser à elle comme à une ennemie, pas comme à une femme désirable. Et en tant qu'ennemie, il sera facile de la tourmenter. Une légère pression, et je peux lui briser le pied en deux. Je le sais parce que je l'ai déjà fait. Il y a deux ou trois ans, un fabricant de missiles thaï nous avait joué un mauvais tour et nous nous sommes vengés en tuant toute sa famille. Sa femme avait essayé de cacher le mari et les deux fils, des adolescents, mais nous l'avions torturée pour qu'elle révèle où ils se trouvaient en lui brisant tous les os des jambes.

Depuis nous n'avons plus eu de problèmes en Thaïlande.

Voilà ce que je devrais faire avec Yulia : lui faire mal, l'obliger à révéler ses secrets, puis la tuer.

C'est ce qu'Esguerra attend de moi.

C'est ce que j'avais l'intention de faire après m'être rassasié d'elle.

Elle bouge les jambes, elle se raidit sous mes mains, et je lève les yeux pour voir qu'elle s'est réveillée et qu'elle fixe mon visage de ses grands yeux bleus.

— Tu es revenu, dit-elle à voix basse, et je hoche la tête, incapable de parler à cause de mon désir qui revient de plus belle. Ma queue qui commençait déjà à durcir devient dure comme du fer dans mon short et je m'aperçois que ma main se glisse à l'intérieur de son mollet, comme de son propre gré. Plus haut, encore plus haut... Je la sens se raidir encore davantage, je sens changer le rythme de sa respiration, ses pupilles s'agrandissent et je sais qu'elle a peur.

Elle a peur et elle ressent peut-être autre chose à en juger par son visage qui rougit.

Incapable de résister à cette violente exigence, je laisse ma main continuer son chemin, mes doigts passent sur la courbe pâle de son genou et sur l'intérieur de ses cuisses où la peau est si douce. Les muscles de ses jambes sont si tendus qu'ils vibrent sous mes caresses, et sous le voile de ses cheveux ses tétons se raidissent et s'épanouissent en petits boutons de rose.

Elle avale sa salive ce qui lui fait bouger la gorge.

— Lucas…

Je n'entends pas ce qu'elle est sur le point de dire parce qu'à ce moment précis mon téléphone sonne bruyamment dans ma poche.

Fils de pute !

Furieux, je laisse la cuisse d'Yulia et je sors mon téléphone. J'y jette un coup d'œil et je vois un message de Diego.

Problème possible à la tour Nord n° 1.

J'aimerais jeter le téléphone contre le mur, mais je résiste à cette envie. À la place je me relève et je vais dans mon bureau afin qu'Yulia ne puisse pas m'entendre.

Après avoir repris mon souffle pour me calmer, j'appelle Diego.

— Qu'est-ce qui se passe ? Dès qu'il décroche, je lui hurle dessus. Qu'est-ce qu'il y a de si grave ?

— Nous avons arrêté un intrus près des limites nord. Il dit qu'il est pêcheur, mais je n'en suis pas certain.

Je contiens ma colère. Diego a bien fait de m'avertir même s'il m'a interrompu au pire moment.

— D'accord, j'arrive dans un quart d'heure.

Je retourne au salon et je me hâte de détacher Yulia en faisant de mon mieux pour faire comme si je n'avais pas une terrible érection.

— Tu veux aller aux toilettes ? Je lui pose la question en l'aidant à se relever et elle hoche la tête d'un air déconcerté.

— Alors, allons-y. Je la traîne dans le couloir et je la pousse presque dans la salle de bain. Dépêche-toi.

Elle en ressort cinq minutes plus tard, le visage tout propre et l'haleine sentant le dentifrice. Je vérifie ses mains pour voir qu'elles sont bien vides, puis je l'emmène dans la chambre. Sans la quitter des yeux, j'attrape une couverture et je la jette par terre au pied du lit. Puis j'ouvre le tiroir de la table de nuit, je prends une corde que j'y avais mise et je dis à Yulia :

— Baisse-toi sur la couverture.

Elle se fige, je la vois fixer la corde que je tiens à la main.

— Baisse-toi ! Je le répète en m'approchant d'elle. Sur la couverture, immédiatement !

Elle se raidit au moment où je la pousse sur la couverture et pendant une seconde je suis certain qu'elle va essayer de se débattre. Mais elle obéit rapidement en repliant ses longues jambes sous son corps.

— Couche-toi ! Je lui lâche le bras pour lui appuyer sur l'épaule. Mon sexe tressaute quand je sens la douceur de sa peau et j'ai besoin de respirer profondément pour résister à l'envie de la prendre avant de partir. Étant donné ce que je ressens je déchargerais en moins de deux minutes et la tentation de lui ouvrir grand les jambes et de la baiser est presque impossible à surmonter. Si je n'avais pas envie d'autre chose qu'un coup rapide, je serais déjà en elle.

— Lucas… Ses lèvres tremblent quand elle lève les yeux sur moi. Je t'en prie, je…

— Couche-toi, putain ! Immédiatement ! Perdant patience, je me suis mis à hurler. Si je suis obligé de la mettre à terre, je *vais* la prendre.

Le visage blême, Yulia obéit et s'étire sur la couverture. Dès qu'elle est allongée, je m'agenouille à côté d'elle, je lui attrape les poignets et je les relève au-dessus de sa tête. En veillant à ne pas lui couper la circulation, j'enroule la corde bien serrée autour de ses poignets et j'attache l'autre extrémité à un pied du lit. Puis j'en fais de même avec ses chevilles et l'autre pied du lit sans tenir compte de sa raideur. Le résultat c'est qu'elle est tout du long sur une partie de la couverture, les chevilles et les poignets attachés à chaque coin du lit.

Je me relève et j'examine mon œuvre. Étant donné le poids du lit, Yulia est encore mieux attachée qu'elle ne l'était sur la chaise et elle sera plus confortable pour dormir si le problème de l'intrus dure plus longtemps que prévu.

Avant de partir, je prends un oreiller et je le replie pour le lui mettre sous la tête. Elle a les cheveux sur le visage, j'écarte donc ses mèches blondes soyeuses en essayant de faire comme si je ne vibrais pas de désir. Elle relève les yeux pour me fixer, deux profonds lacs bleus, et je suis sur le point de grogner en lui voyant passer la langue sur les lèvres.

— Je vais bientôt revenir, dis-je en m'obligeant à me relever et à m'écarter d'elle.

Et avant d'avoir le temps de changer d'avis et de ne pas la baiser en vitesse, je sors de la pièce et je me dirige vers la tour Nord n° 1.

CHAPITRE VINGT-QUATRE

❖ YULIA ❖

Le cœur battant, je retiens mon souffle en écoutant les pas de Lucas qui s'éloignent. Il va bientôt revenir, a-t-il dit. Est-ce que ça signifie qu'il est allé prendre une douche ou qu'il est sorti ? J'ai beau prêter l'oreille, je n'entends pas s'ouvrir la porte d'entrée, mais ça ne veut rien dire. La chambre en est sans doute trop loin.

Après quelques minutes de silence, je change de position sur la couverture pour essayer de soulager la pression sur mes épaules. Comme mes poignets sont attachés à un pied du lit et mes chevilles à l'autre, je n'ai que deux ou trois centimètres de marge de manœuvre et je suis à peine mieux allongée que je l'étais sur la chaise.

L'agacement venant, je vois ce qu'il m'est possible de faire. Comme prévu, les cordes sont bien serrées et le grand lit de bois est si lourd qu'il pourrait être fixé au sol. Chaque fois que je tire sur la corde, elle m'entre dans la peau si bien que j'y renonce.

J'essaie de me détendre en respirant lentement, mais je suis trop angoissée.

Où est Lucas ? Pourquoi m'a-t-il laissée comme ça ? Quand il a pris la corde et m'a dit de me coucher sur la couverture, j'étais sûre qu'il allait me faire violence, qu'il ait une petite amie ou pas. Je voyais son érection, je sentais l'immense désir dans sa manière de me toucher et je n'ai obéi à ses ordres que parce que je savais que ça serait infiniment pire si je résistais.

En faisant ce qu'il exigeait, j'espérais qu'il serait moins brutal.

Sauf qu'il ne m'a pas touchée. Il s'est contenté de m'attacher au lit et m'a laissée là, couchée sur la couverture. Il m'a même donné un oreiller, comme s'il se préoccupait de mon bien-être.

Comme s'il n'avait pas l'intention de finir par me tuer.

Quelques minutes s'écoulent encore sans le moindre signe de Lucas, je décide qu'il a donc dû sortir. C'est sans doute à cause du SMS qu'il a reçu. S'agit-il de son travail ou de sa vie privée ? Est-ce que c'est lié à sa mystérieuse petite amie ? Elle sait que je suis ici. Elle m'a vue nue chez lui. A-t-elle pu appeler Lucas parce qu'elle soupçonne quelque chose entre nous ? Parce qu'elle ne veut pas que son petit ami s'amuse comme ça avec sa captive ?

D'une manière absurde, cette pensée me tord le ventre. Je ne sais pas pourquoi ça me fait quelque chose de savoir que Lucas a une petite amie. Il n'y a rien entre nous, en tout cas, aucun sentiment amoureux. Il m'a conduite ici pour me torturer, pour me faire payer pour ce que j'ai fait. Si quelqu'un a des droits sur lui c'est cette jeune fille, pas moi.

Je suis l'autre, celle qu'il désire peut-être, mais qu'il n'aimera jamais.

En fermant les yeux, j'essaie à nouveau de me détendre. Je suis terrassée par l'épuisement, malgré tout, le sommeil ne vient pas. Le courant d'air de la climatisation est froid sur ma peau nue et j'ai mal aux épaules à force d'avoir les bras tendus dans cette position. C'est peut-être ridicule, mais une part de moi aimerait que Lucas soit là et même qu'il me serre sans ménagement dans ses bras.

Ce fantasme me plaît tellement que je m'y abandonne, comme je l'avais fait en prison. Dans ce rêve, rien de tout ceci n'est réel. Lucas ne me déteste plus. Il n'y a pas eu d'accident d'avion et nous ne sommes plus ennemis. Mais il me tient dans ses bras, il m'embrasse… et il me fait l'amour.

Dans ce rêve, il est à moi et je suis à lui, et rien ne peut nous séparer.

CHAPITRE VINGT-CINQ

❖ LUCAS ❖

Quand j'arrive à la tour de garde, Diego et les autres ont déjà ligoté l'intrus dans une petite cabane toute proche. Il fait nuit noire au-dehors et il n'y a pas l'électricité dans la cabane, j'amène donc une grosse lampe de poche pour examiner l'intrus.

En lui éclairant le visage je vois que c'est un Colombien quelconque qui semble avoir une trentaine d'années. Ses vêtements sont bon marché et assez sales, mais il s'est peut-être sali en se débattant contre les gardes. Et il est bâillonné, sans doute pour éviter qu'il n'ennuie les gardes avec ses supplications.

Je recule et me tourne vers Diego. Le jeune Mexicain a un vilain œil au beurre noir, un souvenir de mon accès de colère de tout à l'heure à cause d'Yulia. Un instant, je me demande si je ne vais pas lui présenter des excuses plus sincères, mais je décide que ce n'est pas le moment. À la place, je lui demande :

— Où l'as-tu trouvé ?

— Il était à la rivière, dit Diego en gardant la voix basse. Il avait un bateau et il prétend qu'il était à la pêche.

— Mais tu ne le crois pas ?

— Non. Diego lance un coup d'œil à ce type. Son bateau n'a pas la moindre éraflure. Il est tout neuf.

— Je vois. Diego a raison de se méfier. Dans les parages, rares sont les pêcheurs qui ont les moyens de posséder un bateau neuf. Bon, enlève-lui son bâillon, et voyons ce qu'il a à nous dire.

* * *

Il est deux heures du matin quand l'intrus finit par avouer. Je prends moins de plaisir à torturer qu'Esguerra, je laisse donc les gardes s'en occuper en premier. Ils le martèlent de coups et ils lui cassent quelques côtes, puis je lui demande ce qu'il fait ici. Il commence par mentir en prétendant qu'il est arrivé par hasard au domaine, mais après quelques coups de couteau, il se met à table et dit tout sur son patron, un puissant trafiquant de drogue de Bogota.

— Ces *cabrons* n'apprendront-ils donc jamais leur leçon ? dit Diego avec dégoût quand l'homme cesse de

213

parler pour se mettre à sangloter pour implorer notre pitié. On pourrait imaginer qu'ils seraient plus malins et qu'ils ne feraient pas ce genre de conneries. Envoyer ce bouffon chercher des failles dans notre système de sécurité, il n'y a pas plus con !

— Si ! Je m'avance vers l'homme qui pleurniche et je lui tranche la gorge. Ils pourraient essayer de nous attaquer ici.

— C'est vrai. Diego recule pour éviter de se faire asperger de sang. Tu veux qu'on envoie son corps à son *patron* ou qu'on l'emmène à l'incinérateur ?

— L'incinérateur. J'essuie la lame sur ma chemise, celle-ci est tellement ensanglantée qu'une tache de plus ou de moins, ne changera pas grand-chose. Puis je referme mon couteau et je le mets dans ma poche. Comme ça, son patron se demandera ce qui lui est arrivé.

— OK. Diego fait un geste aux deux autres gardes et ils tirent le cadavre de la cabane. Il faudra la nettoyer, ce sera le travail de la relève. J'attends son arrivée et je donne mes instructions avant de me diriger vers ma voiture.

Diego marche à côté de moi, je lui demande donc :

— Je te dépose ?

— D'accord. J'allais marcher, mais c'est encore mieux. Il m'adresse un sourire. Je serai plus vite au lit.

— Ouais. Avant d'entrer dans la voiture, je prends une serviette de toilette que je garde pour ce genre de situation et je l'étends sur le siège du conducteur. Diego n'est pas aussi sale que moi et je le laisse s'asseoir sur le siège du passager sans rien.

Le trajet est court, mais Diego m'abreuve de paroles en chemin. Il est surexcité, comme on peut l'être après avoir tué. C'est comme s'il avait besoin d'affirmer qu'il est vivant, que ce n'est pas lui qui va être incinéré. Je sais ce qu'il ressent parce que c'est l'équivalent de l'excitation qui brûle dans mes veines. Elle n'est pas aussi extrême que les premières fois où j'ai tué, on s'habitue à tout, même à ôter la vie à quelqu'un. Malgré tout je me sens intensément vivant, tous mes sens sont exacerbés par la proximité de la mort.

— Écoute, mon vieux dit Diego quand je m'arrête devant sa caserne, je voulais juste te dire que je ne voulais pas être désagréable tout à l'heure au sujet de ta meuf. Tu avais raison, ça ne me regarde pas.

— Ce n'est pas ma meuf. Dès que ces paroles sont sorties de mes lèvres, je sais que c'est un mensonge. Yulia n'est peut-être pas « ma meuf », mais elle est à moi.

Elle est à moi depuis que je l'ai vue à Moscou pour la première fois.

— Ouais, d'accord, comme tu veux. Diego ouvre la portière en souriant et sort d'un bond de la voiture. À demain.

Il ferme la portière et je démarre. Des gravillons se soulèvent tandis que j'accélère à fond, brusquement l'impatience s'empare de moi.

J'ai assez attendu.

Il est temps de revendiquer ce qui est à moi.

* * *

Avant d'aller dans la chambre, je me douche longuement pour faire disparaître toute trace de sang et de saleté. L'eau chaude l'atténue un peu, mais la violente vibration de l'adrénaline n'a pas disparu et en sortant de la cabine de douche pour m'essuyer ma queue se raidit d'impatience.

Je ne prends pas la peine de m'habiller avant de quitter la salle de bain. L'air est frais sur ma peau encore humide et dans le couloir mon cœur bat plus vite en imaginant Yulia allongée là, nue, attachée, et complètement à ma merci. Je n'ai jamais désiré une femme dans cette situation, mais chez ma prisonnière tout réveille mes instincts les plus vils. Je veux qu'elle soit ligotée et sans défense.

Je veux qu'elle sache qu'elle ne peut s'échapper.

Il fait sombre quand je pénètre dans la chambre et je tends la main vers l'interrupteur. Quand la lampe de chevet s'allume, je vois Yulia, étendue sur la couverture devant moi. Son corps nu est long et mince, elle est couchée sur le côté et me tourne le dos. Même après avoir maigri son derrière est bien rebondi et sa peau claire ressemble à de l'albâtre en contraste avec la couverture sombre. Elle ne bouge pas à mon approche et je m'aperçois qu'elle dort, elle a les yeux fermés et les lèvres légèrement entrouvertes. Sa respiration régulière soulève ses seins ronds et généreux, ses tétons roses sont lisses pendant son sommeil.

Le désir ressenti toute la journée en moi revient de plus belle, plus violent que jamais. Je m'agenouille à côté d'elle et je passe la main sur ses flancs, je la caresse de l'épaule au milieu de la cuisse. Malgré quelques bleus, elle a une peau superbe, si douce et si parfaite que j'ai envie de la goûter partout.

M'abandonnant à ce désir je me penche sur elle, je l'emprisonne de mes bras et je baisse la tête pour prendre un de ses tétons dans ma bouche. Dès que je le suce il se raidit et je la sens se contracter sous mon poids, le rythme de sa respiration change et elle se réveille.

Je relève la tête, je baisse les yeux vers elle et je croise son regard. Il y a de la peur dans ses yeux, mais il y a aussi quelque chose de plus, quelque chose qui m'excite de manière irrésistible.

Du désir.

Lentement, faisant appel à toute ma volonté pour me contrôler je passe la main droite sur sa taille et sur sa hanche. Elle ne fait pas un bruit, mais je vois ses yeux s'assombrir quand je baisse la main pour la poser sur les rondeurs fermes de son derrière. Sa peau est fraîche et douce au toucher, sa chair rebondit quand je pince légèrement sa fesse. C'est une sensation agréable, si bonne que ma queue est presque sur le point d'exploser et que ma main tremble de désir en descendant plus bas et que je glisse les doigts sous la courbe de son derrière et entre ses cuisses.

Voilà, j'y suis. Un violent triomphe s'empare de moi quand j'atteins ses plis et que je sens que les abords de son ouverture sont mouillés. Son sexe est prêt à m'accueillir, comme il l'était la toute première fois que je l'ai touchée. Sans la quitter des yeux, j'enfonce le doigt dans son fourreau brûlant et je la sens tressaillir tout en retenant un léger soupir.

— Tu as envie de moi, non ? Ma voix est basse et rauque. C'est de *ça* que tu as envie. Mon pouce trouve son clitoris et il appuie dessus, je la regarde réagir. Elle semble avoir cessé de respirer, ses yeux sont immenses dans son visage fin quand elle les relève pour me fixer.

— Dis-le. Je replie le doigt en elle et j'appuie plus fort sur son clitoris. Dis-moi que tu en as envie, putain !

Elle avale sa salive, sa gorge pâle bouge, et je sens son sexe se resserrer autour de mon doigt et de longs frissons, la parcourir.

— Lucas, je t'en prie…

— Dis-le, putain. Elle ferme les yeux et détourne le visage en entendant ce grondement. Sa respiration s'est accélérée, sa poitrine se gonfle et se contracte frénétiquement et je sens ses muscles se resserrer quand je mets un second doigt en elle pour élargir son étroit fourreau.

Elle me résiste et me refuse.

Mon désir devient brutal, l'ardeur se mêle à la rage et à la frustration. Putain, comment ose-t-elle me faire ça ? Elle est à moi, son corps est à moi et je peux en faire ce que je veux. Je n'ai pas à lui donner le choix. C'est ma prisonnière, ma conquête, et je me suis montré plus que patient avec elle.

— Regarde-moi. Sans quitter son sexe, je me mets à genoux et j'attrape sa mâchoire de l'autre main pour la forcer à tourner le visage vers moi. Ne joue pas avec moi, je grommelle quand elle ouvre les yeux. C'est toi qui perdras, tu me comprends ?

Elle cligne des yeux et je sens ses muscles intimes se contracter autour de mes doigts. Elle est ruisselante, son corps se réjouit de mes caresses.

— Oui.

— Oui, quoi ? C'est tout ce que j'arrive à dire au lieu de la baiser sur-le-champ. Mon pouce lui caresse le clitoris, elle en perd le souffle. Oui, quoi ?

— Oui, je… Elle reprend son souffle, sa voix tremble. Je comprends.

— Bien. Et maintenant arrête de mentir et réponds à ma question. Je replie les deux doigts en la faisant tressaillir de nouveau. Tu as envie de moi ?

Elle hoche imperceptiblement la tête, mais ça me suffit.

Je lui lâche la tête et je retire les doigts, mes bourses sont sur le point d'exploser. Je suis tenté de la prendre là, sur la couverture, mais depuis des semaines je l'imagine dans mon lit et c'est là que je veux le faire cette fois-ci.

Trop impatient pour dénouer la corde, je me lève et je vais à la buanderie où j'ai laissé mes vêtements tachés de sang. Trente secondes plus tard, je reviens avec mon couteau.

Je m'approche des jambes d'Yulia et j'ouvre le couteau. Tout à coup, la peur lui écarquille les yeux, mais je me contente de couper la corde pour lui libérer les chevilles.

— Ne bouge pas. En lui donnant cet ordre, je me relève pour la contourner. Une seconde plus tard, ses mains sont libres aussi. Ne voulant pas laisser d'arme à côté d'elle, je vais au fond de la pièce et je mets le couteau dans le tiroir du haut de la commode avant de me retourner face à elle.

Yulia est déjà à genoux, prête à se lever, mais je ne lui en laisse pas la chance. Je me rapproche d'elle, je me penche en avant et je la relève contre moi. Je sais qu'elle peut venir d'elle-même sur le lit, mais j'ai besoin de la toucher, de la sentir. Je sens son pouls battre dans sa gorge quand je la pose sur les draps blancs et mon désir s'intensifie encore.

À moi. Elle est à moi.

Ces mots résonnent dans mon esprit comme le battement sauvage d'un tambour. Je ne me suis jamais senti aussi possessif avec une femme, je n'en ai jamais eu aussi envie. C'est un désir purement viscéral, un besoin qui est aussi violent et aussi ancien que l'envie de tuer. Je l'ai déjà possédée cette nuit-là à Moscou, mais ça ne suffit pas.

Ça ne suffit pas, loin de là.

En la regardant, je plonge la main dans le tiroir de la table de nuit et j'en sors un sachet d'aluminium. Je l'ouvre d'un coup de dents, je prends le préservatif et je l'enroule sur mon sexe qui vibre. Son regard me suit et je vois son corps se raidir encore plus. De peur, de désir ? Je ne sais pas et ça n'a plus aucune importance.

— Viens ici. Je lui en donne l'ordre en allant sur le lit. Je ne sais pas à quoi m'attendre quand je tends la main vers elle, mais pas à ce qu'elle fait.

Au moment où je la touche, Yulia me prend par le cou et appuie ses lèvres sur les miennes.

CHAPITRE VINGT-SIX

❖ YULIA ❖

Je ne sais pas ce qui me pousse à embrasser Lucas à ce moment-là, mais dès que nos lèvres se rejoignent mon anxiété s'évanouit, remplacée par un désir douloureux. J'ai envie de lui, de cet homme dur et troublant qui m'a capturée.

Avec mes fantasmes intacts dans l'imagination, j'ai envie de lui plus que je ne le crains.

La panique que j'ai ressentie plus tôt dans la journée a disparu, les souvenirs sombres se sont apaisés quand il me pose sur le matelas et glisse la main dans mes cheveux. Je me cambre contre lui et il m'embrasse plus profondément, sa langue envahit ma bouche et l'explore avec avidité. Il a un goût brûlant et passionné, comme dans mes rêves et dans mes cauchemars. Il me consume et je le consume à mon tour, mes mains s'agitent frénétiquement sur son dos musclé, son cou, ses cheveux courts. Je sais qu'il va sans doute bientôt me tuer, que les mains qui soutiennent ma nuque risquent un jour de me fracasser le crâne, mais à cet instant précis rien de tout cela n'a d'importance.

Je ne vis que pour l'instant présent et ses mains qui me touchent me donnent du plaisir au lieu de me faire souffrir.

Ses lèvres glissent vers mon oreille et je sens ses dents m'érafler le cou avant de sucer ma peau délicate. Mon corps tout entier a la chair de poule, c'est un vif plaisir qui m'électrise quand sa main droite descend sur le côté, passe au-dessus de la courbe de ma taille et de ma hanche avant de plonger entre nos deux corps et de trouver mon sexe. Sans se tromper, ses doigts me caressent le clitoris et mon ardeur s'intensifie, la tension que j'éprouve devient insupportable.

Je crie son nom, bouleversée par l'intensité de mes sensations, mais c'est trop tard. Je jouis déjà, mon corps est resté trop longtemps sur le point de basculer.

Il me caresse pendant que les vagues de plaisir déferlent sur moi, ses doigts vont et viennent entre mes plis jusqu'à ce que mon orgasme se termine, puis il m'attrape les jambes, les ouvre en grand et les met sur ses hanches. Sa verge s'appuie à l'intérieur de ma cuisse, elle est grosse et insistante, et un soupçon de peur m'envahit de nouveau quand je croise son regard étincelant.

— Je vais te baiser, dit-il d'une voix basse et gutturale. Tu es à moi, tu comprends, à moi.

Stupéfaite, j'essaie de comprendre ce qu'il vient de me dire, mais à ce moment Lucas m'embrasse de nouveau et mes yeux se ferment, j'ai perdu toute faculté de raisonnement. Son corps brûlant se referme sur moi comme une cage de fer, son odeur et son goût enivrent mes sens. Je ne peux respirer sans le sentir, je ne sens que la force dévorante de sa bouche et la dureté de son érection à l'entrée de mon corps.

Je l'agrippe par les côtés, mes ongles s'enfoncent dans sa peau et c'est alors que je la sens, sa grosse verge pousse afin de me pénétrer. Sa main gauche empoigne mes cheveux pour m'empêcher de me détourner de sa bouche et je ne peux même pas pousser un cri quand il étire mon fourreau et envahit mon corps comme s'il en avait le droit. Il va loin, si loin que ça devrait me faire mal, et c'est le cas, sauf que ça me donne aussi du plaisir et un étrange soulagement.

Le soulagement de lui appartenir vraiment.

Quand il arrive au bout, il lève la tête, me laisse reprendre mon souffle et j'ouvre les yeux pour croiser à nouveau son regard. Ses lèvres brillent de m'avoir embrassée et sa peau dorée par le soleil se tend sur ses beaux traits durs. Je le sens au plus profond de moi, son ardeur me brûle de l'intérieur et mon corps se fait doux pour lui en se lubrifiant pour mieux l'épouser.

— Yulia, murmure-t-il en me fixant les yeux baissés, et je sais qu'il le sent lui aussi, cette attirance, ce lien viscéral entre nous. Il a beau avoir tout pouvoir, en ce moment il est aussi vulnérable que moi, pris dans l'étau de la même folie.

J'ignore s'il s'en rend compte aussi, mais tout à coup sa mâchoire se serre, son regard devient froid et se ferme. Sans dire un mot de plus, il baisse la main gauche pour attraper un de mes poignets et le plaquer au-dessus de ma tête. Puis il fait de même de la main droite, me laissant étirée sous son poids, totalement incapable de bouger ou de le toucher.

Me laissant sans défense sous un homme qui veut me châtier.

— Lucas, attends… je murmure en sentant une violente panique se refermer sur moi, mais c'est trop tard. Tout en maintenant mes poignets au-dessus de ma tête, il commence à aller et venir, les yeux étincelant d'une rage glacée. Ses coups sont durs, impitoyables, ils me coupent le souffle et m'arrachent des cris de douleur. Il ne fait pas l'amour ; il me prend et s'empare de mon corps avec la brutalité de n'importe quel conquérant.

Alors, je commence à me débattre, la panique m'envahit tandis que de vieux souvenirs resurgissent, mais il n'y a rien à faire. Je suis réduite à l'immobilité, prise d'assaut, et celui qui est sur moi n'a aucune pitié. Son corps possède le mien sans le moindre répit et je me sens glisser dans ce lieu sombre et froid, celui auquel il m'a été si difficile d'échapper. La différence entre le présent et le passé s'estompe et j'entends la voix cruelle et railleuse de Kirill, je suis suffoquée par l'odeur atroce de son after-shave alors qu'il me pousse violemment sur le sol. L'horreur commence à me gagner, mais avant que tout soit vraiment perdu Lucas prend mes poignets dans une seule de ses grandes mains et plonge l'autre entre nous pour retrouver à nouveau mon clitoris. Ses caresses sont adroites et vont droit au but, un plaisir extraordinaire me ramène brusquement au présent en me faisant prendre conscience de la tension qui commence encore à m'envahir.

Fermant les yeux de toutes mes forces j'essaie de me dérober, de m'échapper, mais c'est impossible. Il n'y a que sa verge en moi et ses doigts qui me caressent le clitoris, la douleur et le plaisir unis dans une cruelle spirale érotique. Je n'ai jamais éprouvé de plaisir avec Kirill, rien qu'une affreuse souffrance, et le choc de ressentir les deux à la fois me ramène au moment présent en me rappelant que celui qui me chevauche n'est pas mon entraîneur.

C'est Lucas, un autre homme qui me déteste.

Sauf que mon corps ne le sait pas et ne se rend pas compte que sa manière de me toucher ne devrait pas me donner du plaisir. Malgré la brutalité avec laquelle il me martèle, les caresses de Lucas sur mon clitoris sont douces et mon plaisir s'intensifie et fait disparaître le cauchemar. À bout de souffle, haletante, je me cambre, des supplications éperdues sortent de ma gorge, et il appuie plus fort sur mon clitoris, m'amenant à ce point de non-retour explosif.

— Jouis pour moi, ma belle, dit-il d'une voix rauque en baissant le visage vers mon cou, et à ma grande surprise je sens arriver l'orgasme. Une extase foudroyante s'empare de toutes les fibres de mon corps, chacun de mes muscles tremble de plaisir et se contracte autour de sa grosse verge.

Tout étourdie, je crie son nom et à ce moment-là je sens changer le rythme de sa respiration et j'entends un grondement sourd dans sa poitrine. Ses mains se serrent autour de mes poignets tandis qu'il donne un dernier grand coup de reins puis s'arrête, et ses hanches prennent alors un mouvement circulaire. Je sens les pulsations de sa verge en moi et je sais que lui aussi vient de jouir.

Essayant éperdument de retrouver mon souffle, je tourne la tête sur le côté, voulant me détourner de lui et fuir les sentiments contradictoires qui se bousculent dans mon cœur. Je suis en miettes, brisée à la fois par la douleur et par le plaisir. Il est toujours en moi, sa verge à peine moins dure qu'avant. Je sens la moiteur de la sueur coller nos deux corps l'un à l'autre, j'entends son halètement bruyant et laborieux, et bizarrement des larmes involontaires viennent me brûler les yeux.

Si j'avais le moindre doute sur la réalité de la situation, il a disparu. Ce que nous venons de faire, ce qui s'est passé entre nous et déchire mon âme, me bouleverse encore plus que le fait de savoir que Lucas est vivant.

Il est vivant, et je suis sa prisonnière.

Mes larmes menacent de se répandre et je ferme plus fort les yeux pour les en empêcher de couler. Je ne peux me permettre le luxe de pleurer. Quel que soit le sens de ce qui vient d'arriver, quelles que soient les intentions de Lucas à mon égard, je dois le supporter. Je dois être forte parce que ça ne fait que commencer.

C'est seulement le début de ma captivité.

EN AVANT-PREMIÈRE

Merci d'avoir lu ce roman ! Si vous souhaitez écrire un avis, je vous en serais très reconnaissante.

L'histoire de Lucas et de Yulia se poursuit dans *Attache-Moi (Capture-Moi, Volume 2)*. Si vous souhaitez être prévenu(e) de la parution de ce livre, veuillez-vous inscrire sur ma liste de nouvelles parutions sur www.annazaires.com/french.html.

Si vous n'avez pas encore lu l'histoire de Nora et de Julian je vous suggère de lire *L'Enlèvement*. Les trois volumes de la trilogie sont désormais disponibles en français.

Par ailleurs si ce livre vous a plu vous pourriez aimer l'histoire de Mia et de Korum, une autre de mes trilogies qui est également disponible en français.

Et maintenant, tourner la page pour un avant-goût de *Twist Me - L'Enlèvement* et de *Liaisons Intimes*.

EXTRAITS DE *TWIST ME - L'ENLÈVEMENT*

Note de l'auteur : Ce roman d'un érotisme sombre traite de sujets qui risquent de heurter certains lecteurs. Vous voilà prévenus ! Il diffère aussi de mes autres livres parce qu'il est écrit à la première personne.

* * *

Kidnappée. Séquestrée sur une île privée.

Je n'aurais jamais cru que cela puisse m'arriver. Je n'ai jamais imaginé qu'une rencontre fortuite la veille de mon dix-huitième anniversaire pourrait ainsi changer ma vie.

Désormais, je lui appartiens. J'appartiens à Julian. Un homme aussi impitoyable que beau. Un homme dont les caresses me consument. Un homme dont la tendresse me fait plus de mal que sa cruauté.

Mon ravisseur est une énigme. Je ne sais ni qui il est ni pourquoi il m'a enlevée. Il y a des ténèbres en lui, des ténèbres qui me font peur tout en m'attirant.

Je m'appelle Nora Leston, et voici mon histoire.

AVERTISSEMENT : Ce roman n'est pas un roman traditionnel. Il traite de sujets troublants comme le consentement discutable et le syndrome de Stockholm et les scènes de sexe y sont explicites. Ce roman est destiné à des lecteurs âgés de plus de dix-huit ans. L'auteur n'approuve ni ne tolère le comportement de ses personnages.

* * *

C'est le soir maintenant. Chaque minute qui passe accroit mon anxiété à la pensée de revoir mon ravisseur.

Le roman que je lis ne m'intéresse plus. Je l'ai posé et je tourne en rond dans la pièce.

Je porte les vêtements que Beth m'a donnés tout à l'heure. Ce n'est pas ce que j'aurais choisi de porter, mais c'est toujours mieux qu'un peignoir de bain. Un panty sexy en dentelle blanche et un soutien-gorge assorti, voilà mes sous-vêtements. Et une jolie robe d'été bleu qui se boutonne sur le devant. Étrangement, tout est exactement à ma taille. Est-ce qu'il m'a espionnée pendant un certain temps ? Et tout appris de moi, y compris la taille de mes vêtements ?

Cette pensée me rend malade.

J'essaie de ne pas penser à ce qui va arriver, mais c'est impossible. Je ne sais pas pourquoi je suis convaincue qu'il va venir me voir ce soir. Peut-être a-t-il tout un harem dissimulé dans cette île et qu'il rend visite à une femme différente chaque jour de la semaine comme le faisaient les sultans.

Et pourtant je sais qu'il va bientôt arriver. La nuit dernière n'a fait qu'aiguiser son appétit. Je sais qu'il n'en a pas fini avec moi. Loin de là.

Finalement, la porte s'ouvre.

Il entre en maître des lieux. Ce qui est précisément le cas.

De nouveau, je suis frappée par sa beauté virile. Avec un visage comme le sien, il aurait pu être modèle ou acteur de cinéma. S'il y avait un peu de justice dans ce monde, il aurait été petit ou il aurait d'autres imperfections en contrepartie de ce visage.

Mais non. Il est grand et musclé, parfaitement proportionné. En me souvenant de ce que j'ai ressenti quand il était en moi, mon excitation se réveille bien malgré moi.

De nouveau, il porte un jean et un tee-shirt. Gris cette fois-ci. Il semble préférer s'habiller simplement et il a raison. Il n'a pas besoin que ses vêtements le mettent en valeur.

Il me sourit. Un sourire d'ange déchu, à la fois sombre et séducteur.

— Bonsoir, Nora.

Je ne sais que lui dire, alors je laisse échapper la première chose qui me vient à l'esprit.

— Combien de temps allez-vous me garder ici ?

Il penche légèrement la tête sur le côté.

— Ici, dans cette pièce ? Ou sur cette île ?

— Les deux.

— Beth te fera visiter demain, elle t'emmènera nager si tu veux, dit-il en s'approchant de moi. Tu ne seras pas enfermée, sauf si tu fais une bêtise.

— Quel genre de bêtise ? ai-je demandé, le cœur battant en le voyant s'arrêter près de moi et lever la main pour me caresser les cheveux.

— Essayer de faire du mal à Beth ou de te faire du mal. Sa voix est douce, son regard hypnotique quand il baisse les yeux sur moi. Étrangement, sa manière de me caresser les cheveux m'aide à me détendre.

Je cligne des yeux pour tenter de rompre le charme.

— Et sur cette île ? Combien de temps allez-vous m'y garder ?

Sa main caresse mon visage, se pose sur ma joue. En m'apercevant que je me frotte contre sa main comme un chat que l'on caresse, je me raidis immédiatement.

Ses lèvres dessinent un sourire entendu. Ce salaud sait l'effet qu'il a sur moi.

— Longtemps, j'espère, dit-il.

Sans savoir pourquoi, ça ne m'étonne pas. Il n'aurait pas pris la peine de m'amener jusqu'ici pour me baiser deux ou trois fois. Je suis terrifiée, mais pas surprise.

Je prends mon courage à deux mains et pose la question qui s'ensuit logiquement.

— Pourquoi m'avoir kidnappée ?

Il cesse de sourire. Il ne répond pas et se contente de me regarder, ses yeux bleus restent mystérieux.

Je commence à trembler.

— Vous allez me tuer ?

— Non, Nora, je ne vais pas te tuer.

Sa réponse me rassure, mais évidemment c'est peut-être un mensonge.

— Allez-vous me vendre ? J'ai du mal à le dire. Comme prostituée, ou alors quelque chose de ce genre ?

— Non, dit-il d'une voix douce. Jamais de la vie. Tu es à moi et rien qu'à moi.

Je suis un peu plus calme, mais il reste encore quelque chose que j'ai besoin de savoir.

— Allez-vous me faire du mal ?

Il ne répond pas immédiatement. Une lueur obscure traverse son regard.

— Probablement, dit-il à voix basse.

Alors il s'est penché sur moi et m'a embrassée, ses lèvres sur les miennes étaient douces, douces et ardentes.

Pendant un instant, je suis restée figée, inerte. Je croyais ce qu'il disait. Je savais qu'il disait la vérité en disant qu'il allait me faire du mal. Il y a quelque chose chez lui qui me terrifie, qui m'a terrifiée depuis le début.

Il ne ressemble pas aux garçons avec lesquels je suis sortie. Il est capable de tout.

Et je suis entièrement à sa merci.

Je pense essayer de lui résister de nouveau. Ce serait normal dans ma situation. Ce serait courageux.

Et pourtant je ne le fais pas.

Je sens les ténèbres en lui. Il y a quelque chose de mauvais en lui. Sa beauté extérieure dissimule quelque chose de monstrueux.

Je ne peux pas lui permettre de donner libre cours au mal. Je ne sais pas ce qui arriverait si je le faisais.

Alors je m'immobilise dans ses bras et je le laisse m'embrasser.

Et quand il me soulève et me porte sur le lit, je n'essaie nullement de lui résister.

Au contraire, je ferme les yeux et m'abandonne à mes sensations.

* * *

Pour plus d'informations, veuillez consulter ma page web : www.annazaires.com/french.html.

EXTRAIT DE *LIAISONS INTIMES*

Remarque : *Liaisons Intimes* est le premier volume de ma série de science-fiction érotique, les Chroniques Krinar. Sans être aussi sombre que *Twist Me - L'Enlèvement*, *Liaisons Intimes* contient des éléments qui plairont aux amateurs d'érotisme noir.

* * *

Un romance au charme sombre et audacieux qui séduira les amateurs de liaisons dangereusement érotiques...

Dans un futur proche, la Terre est désormais sous l'emprise des Krinars, une espèce sophistiquée venue d'une autre galaxie. Ils restent un mystère pour nous, et nous sommes totalement à leur merci.

Mia Stalis est une jeune étudiante New Yorkaise, plutôt innocente et timide. Elle mène une vie parfaitement normale. Comme la plupart des êtres humains elle n'a jamais eu de contact avec les envahisseurs, jusqu'au jour où une simple promenade dans Central Park va changer sa vie à jamais. Mia a été remarquée par Korum et elle doit maintenant se confronter à un puissant Krinar, doté de dangereux moyens de séduction, qui veut la posséder corps et âme — et qui ne reculera devant rien pour devenir son maître.

Jusqu'où peut-on aller pour retrouver sa liberté ? Quels sacrifices peut-on consentir pour aider ses semblables ? Quels choix nous reste-t-il quand on s'éprend de son ennemi ?

* * *

L'air était vif et pur tandis que Mia descendait d'un pas rapide un sentier sinueux de Central Park. Partout, on voyait l'approche du printemps, les arbres encore nus avaient de minuscules boutons et les nounous étaient sorties en masse pour profiter de cette première journée de beau temps avec les enfants turbulents qui leur étaient confiés.

Bizarrement, tout avait changé depuis quelques années et pourtant tout était identique. Si dix ans plus tôt on avait demandé à Mia à quoi ressemblerait la vie après une invasion d'extra-terrestres, ce n'est pas du tout ce qu'elle aurait imaginé. Les films 'Independance Day' ou 'La Guerre des Mondes' étaient à des lieux de montrer ce qui se passe réellement quand une civilisation plus sophistiquée prend le dessus. Il n'y avait eu ni combat ni résistance du gouvernement parce qu'*ils* les avaient rendus impossibles. Rétrospectivement, il sautait aux yeux que ces films étaient idiots. Les engins nucléaires, les satellites et les avions de combat étaient aussi primitifs que des pierres et des bouts de bois. Mia aperçut un banc vide près du lac et s'y dirigea avec plaisir, ses épaules se ressentaient du poids de son sac à dos où elle avait mis son volumineux ordinateur portable — elle l'avait depuis 12 ans — ainsi que ses livres, imprimés sur papier comme autrefois. Elle avait beau avoir 20 ans, parfois elle se sentait déjà vieille, et comme dépassée par un monde nouveau sans cesse en évolution, un monde de tablettes fines comme du papier à cigarette et de montres qui servaient de téléphones portables. Depuis le jour K, le rythme des progrès technologiques ne s'était pas ralenti ; en fait de nombreux nouveaux gadgets avaient été influencés par ceux des Krinars. Non pas que les Krinars partageaient allègrement leur précieux savoir technologique ; de leur point de vue, leur petite expérience devait se poursuivre sans la moindre interruption.

Mia ouvrit la fermeture éclair de son sac et en sortit son vieux Mac. Il était lourd et lent, mais il fonctionnait encore et Mia, comme tous les étudiants désargentés, ne pouvait rien s'offrir de mieux. Une fois en ligne elle ouvrit une page vierge sur Word et se prépara à rédiger sa dissertation de sociologie, une véritable torture.

Après 10 minutes sans avoir écrit un seul mot elle s'arrêta. De qui se moquait-elle ? Si elle voulait vraiment s'y mettre, il ne fallait pas venir au parc ; évidemment c'était tentant de se donner l'illusion de pouvoir profiter du grand air et travailler, mais elle n'avait jamais été capable de faire les deux en même temps. Pour ce genre d'effort intellectuel, une vieille bibliothèque poussiéreuse lui convenait bien mieux.

En son for intérieur Mia se reprocha d'être aussi paresseuse, soupira et commença à regarder autour d'elle au lieu d'essayer de travailler. Elle ne se lassait jamais de regarder les gens à New York.

La scène lui était familière, comme elle s'y attendait il y avait le clochard de service sur un banc voisin (Dieu merci ce n'était pas le banc le plus proche parce qu'il avait l'air de sentir le fauve) et deux nounous bavardaient en espagnol en promenant tranquillement leurs landaus. Un peu plus loin, une jeune fille faisait du jogging, ses reeboks roses offrant un joli contraste avec son survêtement bleu. Mia suivit la joggeuse des yeux avant qu'elle ne disparaisse. Elle admirait sa condition physique. Elle avait un emploi du temps tellement chargé qu'elle n'avait pas beaucoup de temps pour faire du sport et elle se disait qu'elle n'aurait pas pu suivre cette jeune fille à ce rythme pendant plus d'un kilomètre.

À sa droite, elle voyait le Pont Bow au-dessus du lac. Un homme était penché sur le parapet et regardait l'eau. Son visage était tourné de l'autre côté si bien qu'elle ne pouvait voir qu'une partie de son profil. Et pourtant il y avait quelque chose en lui qui attira l'attention de Mia.

Elle n'arrivait pas à savoir de quoi il s'agissait. Il était vraiment grand et semblait costaud sous l'imperméable élégant qu'il portait, mais ce n'était pas ce qui l'intriguait. Les hommes grands, beaux et bien habillés ne manquent pas à New York, la ville regorge de top-modèles. Non, il y avait autre chose. Peut-être son attitude, parfaitement immobile, ne faisant aucun geste inutile. Ses cheveux bruns brillaient dans la vive lumière ensoleillée de l'après-midi, sa frange se soulevait légèrement dans la brise douce du printemps.

Et puis il était seul.

— Eh bien ! voilà, pensa Mia. D'habitude, il y avait toujours du monde sur ce joli pont, mais là, il était seul ; pour une raison qui lui échappait, tous semblaient l'éviter. En fait, à part elle et le clochard qui sentait sans doute mauvais, tous les bancs au bord de l'eau, d'habitude si recherchés, étaient vides.

Comme s'il avait senti qu'elle le regardait, l'homme qui faisait l'objet de son attention tourna lentement la tête et la regarda droit dans les yeux. Avant d'avoir compris ce qui se passait elle sentit son sang se glacer, elle était pétrifiée et incapable de détourner son regard de ce prédateur qui semblait maintenant, lui aussi, la regarder avec intérêt.

* * *

Respire, Mia, respire !

Une voix enfouie en elle, une petite voix raisonnable n'arrêtait pas de le lui répéter. Et cette même part d'elle-même, bizarrement objective, remarquait la symétrie du visage de cet homme, sa peau bronzée tendue sur ses pommettes saillantes et sa mâchoire solide. Elle avait vu des Ks en photo et sur des vidéos, ni les unes ni les autres ne leur rendaient vraiment justice. La créature qui ne se tenait guère qu'à une dizaine de mètres d'elle était tout simplement extraordinaire.

Alors qu'elle continuait de le regarder fixement, toujours pétrifiée, il se redressa et fit quelques pas dans sa direction. Ou plutôt, il bondit vers elle, lui sembla-t-il, ressemblant à un félin qui s'approche légèrement d'une gazelle. Ce faisant, il ne la quittait pas des yeux. Quand il se rapprocha, elle distingua de petits éclats jaunes dans ses yeux d'or pâle ainsi que ses longs cils épais.

Elle s'aperçut avec un mélange d'horreur et d'incrédulité qu'il s'était assis sur le banc à quelques centimètres d'elle et qu'il lui souriait en montrant ses dents blanches. Pas de crocs, lui dit la part de son cerveau qui fonctionnait encore, rien qui puisse y ressembler. Encore un mythe à leur sujet, tout comme leur soi-disant horreur du soleil.

— Comment vous appelez-vous ? La question avait presque été posée comme un ronronnement. Cette créature avait la voix basse et douce, pratiquement sans le moindre accent. Ses narines se soulevaient légèrement comme s'il sentait son parfum.

— Heu... Mia avala sa salive avec nervosité. M-Mia.

— Mia, répéta-t-il lentement, semblant prendre plaisir à dire son nom. Mia comment ?

— Mia Stalis. Merde alors, pourquoi voulait-il savoir son nom ? Et pourquoi était-il là, en train de lui parler ? Et qui plus est, que faisait-il à Central Park, si loin de l'un des Centres K ? *Respire, Mia, respire !*

— Détendez-vous donc Mia Stalis !

Il sourit de toutes ses dents, et une fossette apparut sur sa joue gauche. Une fossette ? Les K avaient donc des fossettes ?

— Vous n'avez donc encore jamais rencontré l'un d'entre nous ?

— Non, jamais Mia poussa un grand soupir et s'aperçut qu'elle avait retenu son souffle. Malgré tout son trouble, sa voix ne tremblait pas trop et elle en fut fière. Devrait-elle l'interroger, souhaitait-elle savoir ? Elle prit son courage à deux mains.

— Et que... — une fois de plus elle avala sa salive — que voulez-vous de moi ?

— Juste parler, pour le moment. Il plissait légèrement ses yeux dorés, elle avait l'impression qu'il était sur le point de se moquer d'elle. Bizarrement, elle en fut assez agacée pour sentir sa peur s'atténuer. S'il y avait une chose à laquelle Mia était très sensible, c'était la moquerie. Mia était de petite taille, très mince, mal à l'aise avec les autres comme toutes les jeunes filles qui ont dû supporter le désagrément d'avoir eu un appareil dentaire, des cheveux frisés et des lunettes pendant leur adolescence. C'était un véritable cauchemar de faire sans cesse l'objet des moqueries des uns et des autres. Elle releva la tête avec agressivité.

— Alors d'accord, comment *vous* appelez-vous ?

— Moi, c'est Korum.

— Korum tout court ?

— Contrairement à vous, nous n'avons pas vraiment de nom de famille. Le mien est tellement long que vous n'arriveriez pas à le prononcer si je vous le disais.

Voilà qui était intéressant. En l'entendant, elle se souvenait avoir lu quelque chose à ce sujet dans le *New York Times*. Jusqu'ici, tout allait bien. Ses jambes ne tremblaient plus, sa respiration s'était calmée. Elle arriverait peut-être à s'en sortir saine et sauve ? Elle se sentait relativement en sécurité en parlant avec lui, bien qu'il ait continué de la dévisager fixement de ses yeux jaunâtres qui la mettaient mal à l'aise.

— Et que faites-vous ici, Korum ?

— Je viens de vous le dire, un brin de causette avec vous, Mia. Il y avait encore un soupçon de moquerie dans sa voix.

Mia se sentit frustrée, elle poussa un nouveau soupir.

— Ou plutôt que faites-vous ici à Central Park ? Et que faites-vous à New York ?

Il sourit une nouvelle fois en penchant la tête légèrement de côté.

— Disons que j'espérais rencontrer une jolie jeune fille aux cheveux bouclés.

Bon, ça suffisait maintenant. Il était clair qu'il se moquait d'elle. Maintenant qu'elle avait un peu repris ses esprits, elle s'aperçut qu'ils étaient là, au beau milieu de Central Park, et devant des millions de témoins. Elle jeta un coup d'œil discret autour d'elle pour en avoir le cœur net. Eh oui, elle avait raison, bien que les gens s'écartent du banc où elle se trouvait avec cet extra-terrestre, plus loin sur le chemin les plus courageux les regardaient fixement. Il y avait même un couple qui les filmait, sans prendre trop de risque, avec la caméra qu'ils avaient au poignet. Si le K devenait trop entreprenant avec elle, en un clin d'œil les images seraient sur YouTube, il le savait bien. Mais comment savoir s'il s'en moquait ou pas ?

Cependant étant donné qu'elle n'avait jamais vu de vidéos où des étudiantes se faisaient agresser par des Ks au beau milieu de Central Park, elle était relativement en sécurité ; Mia prit son ordinateur portable avec précaution et le remit dans son sac à dos.

— Laissez-moi vous aider, Mia.

Avant même qu'elle ne puisse réagir, elle le sentit s'emparer de tout le poids de l'ordinateur, il le prit des mains de Mia devenues inertes et elle sentit alors qu'il lui touchait le bout des doigts. Ce contact provoqua en elle comme une légère décharge électrique et un frémissement nerveux la suivit aussitôt.

Il attrapa son sac à dos et y mit l'ordinateur portable, chacun de ses gestes était précis, doux et d'une grande souplesse.

— Eh bien ! voilà, tout va bien mieux maintenant.

Mon Dieu, il venait de la toucher. Peut-être avait-elle tort de penser qu'on était en sécurité dans les lieux publics. De nouveau, elle sentit sa respiration s'accélérer et son cœur battre la chamade.

— Il faut que j'y aille maintenant, au revoir !

Elle se demanderait toujours comment elle avait réussi à parler sans s'étrangler de terreur. Elle saisit les sangles de son sac à dos qu'il venait de poser par terre et se leva d'un bond, en remarquant au passage qu'elle avait retrouvé l'usage de ses jambes.

— Au revoir, Mia. Et à bientôt !

En partant, elle entendit sa voix légèrement moqueuse qui portait loin — l'air du printemps était si pur —, elle avait tellement hâte d'être loin de lui qu'elle courait presque.

* * *

Si vous souhaitez en savoir plus, veuillez consulter le site internet d'Anna www.annazaires.com/french.html.

À PROPOS DE L'AUTEUR

Anna Zaires a découvert son amour des livres à l'âge de cinq ans, quand sa grand-mère lui a appris à lire. Elle a écrit son tout premier livre bientôt après. Depuis elle a toujours vécu en partie dans un monde de fantaisie dont les seules limites sont celles de son imagination. Elle habite actuellement en Floride et vit heureuse avec son mari Dima Zales, qui écrit des romans de science-fiction et des romans fantastiques, et avec qui elle travaille en étroite collaboration pour chacune de leurs œuvres.

Pour en savoir davantage, rendez-vous sur www.annazaires.com/french.html.